学而书系·皖籍评论家辑

何向阳 刘 琼 ◎主编

潘凯雄 ◎著

不辍集

时代出版传媒股份有限公司
安徽文艺出版社

潘凯雄，安徽黟县人。中国作协小说委员会副主任，中国新闻文化研究会副会长，编审，文学评论家。曾任人民文学出版社社长、中国出版集团有限公司副总裁等。首届中国出版政府奖·优秀出版人物奖和第十三届韬奋出版奖获得者。入选第一批全国新闻出版行业领军人才。出版多部文艺理论批评集、出版传媒研究著作和散文随笔集。

学而书系·皖籍评论家辑

何向阳　刘　琼◎主编

不辍集

Xue Er Shuxi · Wanji Pinglunjia Ji
Buchuo Ji

潘凯雄◎著

时代出版传媒股份有限公司
安徽文艺出版社

图书在版编目（CIP）数据

不辍集 / 潘凯雄著. -- 合肥：安徽文艺出版社，2024.9
（学而书系. 皖籍评论家辑）
ISBN 978-7-5396-7966-2

Ⅰ. ①不… Ⅱ. ①潘… Ⅲ. ①文艺评论－中国－当代－文集 Ⅳ. ①I206.7-53

中国国家版本馆 CIP 数据核字(2024)第 026353 号

"十四五"安徽省重点出版规划项目

出 版 人：姚 巍
策　　划：朱寒冬　姚 巍　　　统　　筹：张妍妍　柯 谐
责任编辑：柯 谐　　　　　　　　装帧设计：张诚鑫

....

出版发行：安徽文艺出版社　　www.awpub.com
地　　址：合肥市翡翠路 1118 号　邮政编码：230071
营 销 部：(0551)63533889
印　　制：安徽新华印刷股份有限公司　(0551)65859551

....

开本：880×1230　1/32　印张：10.375　字数：200 千字
版次：2024 年 9 月第 1 版
印次：2024 年 9 月第 1 次印刷
定价：68.00 元(精装)

....

（如发现印装质量问题，影响阅读，请与出版社联系调换）

版权所有，侵权必究

总　　序

又到收获之际,"学而书系·皖籍评论家辑"散发着油墨书香,要与读者见面了。

这套书目前一共八部,由八位在当今文艺评论实践活动中相对活跃的皖籍评论家的著作组成。

每部著作均以理论、评论及学术随笔为主体,力图充分显现八位皖籍评论家视野的开阔性与学术的自由度。

"学而书系"是开放的书系,此前,对评论家的分野多在代际,而以地理方位来分类,"皖籍评论家"只是一种尝试。"皖籍评论家"这个概念是否成立?它的队伍与组成的大致根基在哪里?证明有待时日。而这八部著作组成的书系,可以说是一种自证的开始。

这套书是当今理想的评论文本吗?这一点,留待读者评判。但可以负责任地说，从评论家自选到主编遴选，整个编选过程严格有序，原因只有一个：这套书呈现的是安徽悠久厚重的文化脉络的一个重要部分。身处这样的一个历史链条，我们始终保有虔敬之心。

一方水土养一方人。历史文化源远流长的安徽，自古就显现出它深邃的传统魂魄之美，而近代以来的兼收并蓄与现当代的开放包容，更使生活于其中和保有故乡记忆的人获得了特别的思想馈赠。文化土壤深厚之地，向来文章之风盛行。历代名家先辈已为我们留下震古烁今的作品，而这一代人的奋笔疾书，也旨在为后人提供难得的精神养分。这种书写的传承，是文化薪火得以世代燃烧的深层原因。

当今文坛，皖籍评论家实力可观，他们大多学养丰厚、视野开阔、思想深远而又行文恣肆，队伍的日渐壮大、作品的声名鹊起，都使他们的存在日益得到多方关注。"学而书系·皖籍评论家辑"八部著作，所收录的只是众多评论家思想的局部，作者前面的两个定语，一是"皖籍"，一是"评论家"，作为先决条件决定了这套书的样貌。八位皖籍评论家，既有来自高校、科研院所的教授、专家，也有来自文学界、出版界、媒体的研究员、学者，客观反映了当今文学评论家分布的大致结构。

出版社再三考量，确定两位皖籍女性评论家担纲主编，以何向阳、刘琼、潘凯雄、郜元宝、王彬彬、洪治纲、刘大先、杨庆祥的八本专著作为书系"开篇"。作为主编，一方面我们深感荣幸，一方面我们也心有不安。在与各位作者多次交流，向他们征询意见，大致确定书系以及各书的走向、形态与结构并收齐全部书稿之后，2023年夏初，编辑、作者在安徽黟县专门召开改稿会。大家充分交流，逐部审订内容，最终确立了这套书的书名、体例与出版日程。

这套书是一个开放的书系，还会有更多的皖籍评论家加入，也可向上延伸，呈现皖籍评论家文艺评论丰厚的历史遗产，或者更可以打破地域之限，以引出当代"中国评论家"书系的出版。当然，若以文学评论为开篇，此后艺术评论更加丰富的面向能够予以呈现，则这套书会有一个更为恢宏的未来。

从动议策划到付梓印刷，历时两年。在传统出版竞争激烈、出版市场压力巨大的大背景下，花费时间、精力与资金出版这套书，安徽出版集团的支持体现了时代的担当，而这担当后面的支撑则是对文化建设的深度尊重与共建热忱。在此,感谢安徽出版集团的眼光与魄力;感谢给予本书系出版以具体支持的朱寒冬先生,他的督阵与推动为我们提供了动力;感谢安徽文艺出版社姚巍社长与各位编辑的踏实、严谨,他们为这套书付出了巨大心力。

目前八部理论评论著作《景观与人物》《偏见与趣味》《不辍集》《中国当代女性文学散论》《成为好作家的条件》《余华小说论》《蔷薇星火》《在大历史中建构文学史》已经放在了各位读者面前,同时,它们也进入了文化与故乡的时空序列中,它们必须接受来自故乡与评论界的双重检验。我们乐于接受这种检验,同时也相信它们经受得起这种检验。

2024 年 6 月 26 日　北京

目 录

总序 何向阳 刘琼 / 1

辑一

在广袤的时空中呈现时代感
　　——新中国七十年长篇小说创作一瞥 / 3

长风破浪会有时
　　——新中国七十年文学出版一瞥 / 11

培育中国当代文学新经典
　　——茅盾文学奖四十周年刍议 / 24

回望 80 年代文学批评 / 45

从"岁月流金"到"铅华洗尽"
　　——对新时期以来文学期刊发展与嬗变的观察与思考 / 69

纵横不出方圆
　　——改革开放四十周年文学演变启示录 / 89

岁末长篇小说阅读小札 / 94

辑二

主题出版中长篇小说创作应有之"三有" / 109

强原创：文学创作与文学出版永恒的主题 / 119

文学的天空与"部落" / 127

文学母题与人类共同的情感 / 135

媒体融合时代出版的"变"与"不变" / 140

辑三

"话题"作家徐怀中 / 161

"诺奖魔咒"之于莫言 / 174

难以忘怀的军人情结及其辐射
　　　——阎欣宁部分创作随感 / 178

理想之光与显微之镜
　　　——王小鹰和她的长篇小说《纪念碑》/ 190

王华的"新变"
　　　——从王华长篇小说《大娄山》说起 / 201

游走于乡村与都市的锋刃上
　　　——钟二毛中短篇小说集《回乡之旅》读后 / 216

辑四

一段兑现近四十年前承诺的佳话
　　——读马识途的《夜谭续记》/ 225

"情之至者文亦至"
　　——读《古典的春水——潘向黎古诗词十二讲》/ 230

潜在的跨界写作
　　——读卜键新作《库页岛往事》/ 235

面对国家民族命运,文学如何高质量在场
　　——读熊育群长篇纪实文学《钟南山:苍生在上》/ 242

生命至上　医者仁心
　　——读程小莹长篇纪实文学《张文宏医生》/ 247

"我的写作拥有一座大山"
　　——读胡冬林的《山林笔记》/ 251

一条血浓于水的大命脉
　　——读陈启文的《血脉:东深供水工程建设实录》/ 257

细节的力量
　　——读李云雷中篇小说《后街的梨树》/ 263

一个"阅读劳模"的名与实
　　——读王春林的两部"长篇小说论稿"/ 269

看,那些青春燃烧的岁月

  ——读阎志长篇小说《武汉之恋》／277

"厚度"决定"深度"

  ——读舒晋瑜《深度对话鲁奖作家》／282

美在何方?

  ——读赵焰长篇散文《宣纸之美》／286

辑五

向着理想,奔跑!

  ——电影《1921》观后／293

于人间烟火处透视时代风云

  ——从小说到电视剧的《人世间》／299

驿动的心,如何找到安放的港湾?

  ——电视连续剧《心居》观后／306

外行看"热闹"

  ——我看邵璞的焦墨画／313

后记／318

辑一

在广袤的时空中呈现时代感

——新中国七十年长篇小说创作一瞥

新中国七十年长篇小说创作数量激增,题材宽度和主题深度都得到深入拓展和掘进,艺术表现的边界同样得到极大开拓,长篇小说创作总体上呈现出一条清晰而强劲的发展轨迹。可以说,新中国七十年长篇小说创作持续行进在通向繁荣发展的大道上。

新中国七十年长篇小说创作历程恰似一首多声部乐曲,不同文学潮流此起彼伏,不同文学风格争芳斗艳,不同创作方法和艺术手段各显神通;与此同时,"二为"方针是包括长篇小说在内的中国文学的发展方向,书写和记录人民的伟大实践、时代的进步要求、民族的伟大精神始终是文学创作的主旋律。

习惯上人们总喜欢将长篇小说喻为文学的重器,视其为一个时代文学成就的重要标志。从这个意义上讲,新中国长篇小说创作的收获就是新中国文学的重要成就,长篇小说创作所走过的七十年历程表征着中国当代文学发展的基本走向。七十年间,几多艰辛几多突破,几多求索几多收获,值得我们梳理与总结。

走在向多向广向深的大道上

有文学史家将新中国成立后的"十七年"视为新中国长篇小说创作第一个黄金期。这一阶段在七十年历史上留下许多绕不过去的重要作品,如"三红一创"(《红旗谱》《红岩》《红日》《创业史》),以及《苦菜花》、《三家巷》、《六十年的变迁》、《李自成》(第一卷)等。这一时期长篇小说创作的主题内容和思想养分主要来源于五四新文化运动、共产党领导的抗日战争和解放战争、延安文艺座谈会提出的"文艺为工农兵服务",以及与此相呼应的普及与提高等革命文艺方针和新中国社会主义建设实践。这几条源流影响所及其实远不止于这十七年,在此后新中国长篇小说创作发展变化的轨迹中依然能见到它们的身影。

在自20世纪70年代末开始的新时期文学中,长篇小说发挥了承上启下的重要衔接作用。"文革"结束后,作家创作热情得以复苏,长篇小说数量逐年攀升。其主题内容在继承"十七年"文学传统的同时也得到大大拓展和丰富,既有对改革开放巨大成就的生动再现,也有对社会新发展新变化的深入思考;既有对重大历史事件的艺术呈现,也有对人的命运的深刻关切。艺术上,现实主义写作手法日益成熟,同时也呈现出更加多样化的表达方式。

21世纪以来,随着社会主义市场经济不断深化,文化市场蓬勃发展,人们的文化生活和文化选择日益多元,长篇小说虽然失去轰动效应,但这并不妨碍它持续呈现旺盛的生命力和蓬勃的成长性。网络文学异军突起,传统长篇小说亦全面开花。如果说上一阶段长篇小说创作的显著特点还是从内容到形式的全面多样化,那么在这一阶段多样化已成常态,人们似乎很难再为某部作品的新意而奔走相告,也很难因一种新的文学现象出现而争论不已。特别是党的十八大以来,创作多样化、出版多样化、阅读多样化已成常态。在这多样化的格局中,展示时代风采、传递时代强音、塑造时代人物的长篇小说依然强势呈现。

从以上梳理不难看出,新中国七十年长篇小说创作数量激增,题材宽度和主题深度都得以显著拓展,艺术表现边界同样得到极大开拓,长篇小说创作总体上呈现出一条清晰而强劲的发展轨迹,呈现向多、向广、向深的特征。可以说,新中国七十年长篇小说创作持续行进在通向发展与繁荣的大道上。延续这一良好发展轨迹,扩大长篇小说创作优势、提升作品质量乃是今日之作家的使命与担当。

准确深刻地捕捉时代精神

如果进一步检视新中国七十年长篇小说发展经验,首先是要有鲜明的时代感。真正受读者欢迎、经得起时间检验的长篇小说一定是写出鲜活时代感、与时代同频共振的作品。习近平总书记指出:"文运同国运相牵,文脉同国脉相连。"新中国长篇小说七十年跌宕起伏的发展历程形象地诠释了这一科学判断。

放眼古今中外,文学作品与其所处时代都有或近或远、或密或疏、或直接或间接的关系。应该承认,在文学与时代的关系上确也存有不同主张——有人认为有无时代感并不重要。果真如此吗?问题的根源其实还在于如何理解时代及时代感:文学书写时代是否仅仅限于文学书写当下?文学表现时代是否一定要近距离才算？新中国长篇小说七十年发展历程特别是其间涌现出的优秀作品告诉我们：时代既可以是当下，也可以写出时代跨度和历史纵深；时代既能够近距离贴身表现，也可以拉开一定距离后再进行反思；时代绝不仅是浮在表象的人、事、物，重要的是准确而深刻地捕捉到时代感和时代精神。《红旗谱》与《白鹿原》呈现的时代有跨度，《创业史》与《古船》表现时代的手段有差异，但谁能说这些优秀作品时代感模糊，时代精神淡漠呢？

在广袤时空中呈现时代感是新中国长篇小说创作七十年提供给后人的一条重要启示。在这里，所谓"广袤"既是内容的时空也是艺术的天地，时代是包含历史与未来的当下，时代也需要不同的进入通道和表现手段；所谓"时代感"就是指通过对时代精髓、时代精神的深刻捕捉和艺术表达，让读者感时代之风气、辨时代之潮流，体会时代背后的精神追求、精神特质和精神脉络，从而起到文学提振人心、凝聚人心的作用。

在和谐声部中凸显主旋律

一首多声部乐曲，既要有发挥引领作用的主调，也要有起润色、烘托和补充作用的其他声部；既要呈现不同声部的特色，还要彼此间的和谐流畅。新中国长篇小说创作七十年的历程恰似一首多声部乐曲，不同文学潮流此起彼伏，不同文学风格争芳斗艳，不同创作方法和艺术手段各显神通。可以说，"社会的色彩有多么斑斓，文艺作品的色彩就应该有多么斑斓"。与此同时，"为人民服务，为社会主义服务"是包括长篇小说在内的中国文学的发展导向，书写和记录人民的伟大实践、时代的进步要求、民族的伟大精神始终是文学创作的主旋律。

尽管新中国七十年的长篇小说创作总体上呈现出向多、向广、向深的趋势，但在不同时段与节点上，也还是存在着丰满与单一、顺畅与间断的差异。而每当顺畅与丰满之时，就是多个声部和谐之际，反之则是某些声部缺失或杂乱之时。现在无论是文学史家还是一般读者，都对"十七年"、改革开放以来的长篇小说创作总体上给予肯定评价，其中一个重要因素就在于它们总体上呈现出声部齐全且和谐的风貌。

还可以以另外一个实例来证明这样的判断。茅盾文学奖之所以在众多长篇小说奖项中拥有良好口碑和公信力，不仅因为发起倡导者是著名作家茅盾,也不仅因为它的组织方是中国作家协会这样的文学权威机构,还在于获奖作品几乎都有长销不衰的良好市场业绩,是专业尺度和口碑的结合。评选追求的正是主旋律突出、声部多样、整体和谐、风格多元,从时代需要出发,遵循艺术规律,优中选精地遴选出既丰富多彩又有分量有高度的精品力作。

唱响主旋律、传递正能量,持续推进内容形式、手段方法、风格样式等多元创新。新中国长篇小说创作用七十年辉煌业绩印证党的"二为"方向和"双百"方针的正确与成功。这是中国特色社会主义文学事业兴旺发达、满足广大人民群众日益增长的文艺需求的重要保障。

在世界格局中展示中国风

新中国成立之初,作家所接受的外国文学滋养更多还是当时的苏联文学及18、19世纪国外现实主义与浪漫主义文学。进入新时期,改革开放成为时代主潮,长篇小说创作不仅承续优秀文脉,名目繁多的种种世界文学也开始进入国门,一时间,以各种门派为名目创作出的长篇小说令人眼花缭乱,以至于文学的民族性与世界性、现代性关系之类的话题一时成为争论焦点。到了新世纪,作家们特别是优秀作家在中外文学日益频繁的交流中,已经具备文化定力,且在比较中深谙不同文明自有不同风采之道,中国风也需要在不断突破中焕发新的风采。

梳理新中国七十年优秀长篇小说,其中既有中华文化强大基因,也能显出世界优秀文化的因子,其融合程度日益趋向自然圆融。从最近获得第十届茅盾文学奖的长篇小说身上,不仅能看到每位作者的思想气质,也能感受到古今中外各类文学经典的影响,他们由此呈现出不同风格和气象,但所传递的整体意象都体现着面向世界讲述中国故事、塑造中国形象、弘扬中国文化的新要求。

当然,在充分肯定新中国长篇小说创作所取得的长足进展、认真总结其成功经验的同时,我们还要谨记习近平总书记关于文艺创作有数量缺质量、有"高原"缺"高峰"的指示。长篇小说创作在出精品方面还任重道远,时代永远会对文学提出新挑战。长篇小说如何牢记时代使命、深入社会现实、遵循艺术规律,努力创作出无愧于时代、无愧于人民、无愧于民族的伟大作品?我们充满期待。

长风破浪会有时

——新中国七十年文学出版一瞥

接受了"新中国七十年文学出版"这篇命题作文,却迟迟难以落笔,实在是因为自己一直在纠结文章的落脚点究竟应该在哪里——过程还是结果?从理论上说,过程与结果本不矛盾也难以分开,没有过程就没有结果;但在文学出版领域则未必如此简单,大多数文学出版的结果本身就是文学出版过程的起点。如果落脚于过程,这篇命题作文的篇幅难免过于冗长,而反之又很容易混同于文学发展史的一种描述、文学成就的一种展示,仿佛与出版没什么关系,至少是关系不那么大。尽管文学创作是文学出版之母,没有创作这个源头,文学出版便成无米之炊;但反过来是不是也可以说,如果没有文学出版或文学出版的生产力不足,文学创作的传播就会大打折扣,许多文学创作的成果甚至根本无从呈现于社会?

从孱弱到壮大的风雨历程

新中国七十年的文学出版取得了长足的发展,已经从新中国成立伊始的一般的文学出版国度迈入当下出版大国的行列,这已是不争的事实。从规模上看,1950 年,全国图书出版的总品种尚不足 7000 种,而现在仅长篇小说一个品类的年出版量就在万种左右,这还不包括那根本就无法统计的网络长篇小说。至于文学的体裁与风格、形式与类别也同样是应有尽有。如果抛开教育类图书不论,文学出版无论是品种数还是总印数,在整个出版业总体份额中居于前三的地位恐怕也是难以撼动的。从内容上看,文学出版从七十年前的相对单一到当下的琳琅满目、令人目不暇接毋庸置疑。从技术上看,同整个出版业一样,文学出版也经历了从"铅与火"到"光与电"的革命,正在逐步迈入"数与网"的时代。从工艺上看,无论是设计还是工艺抑或是材质,文学出版与世界出版业几近同步,近些年来在莱比锡书展上评出的"全球最美图书"中都不乏中国文学出版的身影,那种"灰与土""陋与粗"的时代已成过去。

当然,以上所述还只是作为一般产业的一些外在指标。评价作为内容产业的出版成色如何,更重要的还在于其出版物的内在品质。而恰恰在这方面,新中国七十年文学出版的发展与变化才是更值得浓墨重彩地书写与记录在案的。

——伴随着五星红旗在天安门的冉冉升起,新中国的文学出版也开始了自己平稳的启航。

尽管那是一个百废待兴的年代,但出版工作者和文学工作者(那个时代不乏集二者于一身的"双面人")的联袂,还是给新中国留下了第一批迄今仍为广大读者所赞赏的精品佳作,比如脍炙人口的"三红一创"(《红旗谱》《红日》《红岩》《创业史》)就是那个时期长篇小说出版的代表。此外,在中短篇小说、散文和诗歌等领域同样也出版了不少能载入新中国当代文学史的佳作。与其说这是新中国七十年历史上文学出版的第一个兴旺期,不如说是发轫期。当然,当时文学出版生产力和生产关系的局限,特别是在意识形态领域极左思潮的一再泛滥,导致了新中国前十七年的文学出版总体上还是孱弱的,既表现为体量小,更有不少内容还存有失之于假与空的严重不足,这当然也是一种时代的宿命。

——十年浩劫,在那个怀疑一切、砸烂一切的疯狂时代,文学出版不仅无法幸免,而且不幸沦为重灾区。

在那个疯狂的十年中,本不强壮的文学出版身躯更是不堪重负,前十七年传承下来的出版物大多被禁被毁,正常的文学出版活动一度中断,在本就为数不多的文学出版物中能够传之于后世者寥寥无几。如果说那个十年为后世留下了什么,更多的恐怕就是那些虽不堪回首但又不该忘却的惨痛教训。

——改革开放新时期来临,新中国的文学出版终于迎来了自己的持续攀登期。经历了十年文化浩劫的广大读者已然处于极度的阅读饥荒中,改革开放之初的出版市场必然是一边倒的卖方市场,想不繁荣都难。

改革开放的第一个十年,文学出版着实最为活跃,在社会生活中发挥着极为显赫的作用,所谓"洛阳纸贵"的奇观在这个时期出现频率最高。文学出版物依次呈现中外文学名著的重印或引进、本土原创文学的勃发和港台文学的窗口被打开等三个波峰,而与文学关系密切的中外哲学、美学著作的出版也十分火热。

由于十年浩劫时期对付古今中外一切优秀文学出版物的办法就是一个字——"禁",因此,进入新时期后文学出版打响的第一场战役则是针锋相对的两个字——"解禁"。中国四大古典名著、中国现代文学名著、新中国前十七年优秀文学作品和19世纪外国文学名著的重印,构成了被"解禁"的绝对主角,因当时出版生产力的局限性,每逢周末排长队限购中外文学名著的现象成为当时一道亮丽而奇特的文化景观。在渡过了这场文学阅读的饥荒之后,与此相关的文学出版之延伸得以符合逻辑地展开:中国四大古典名著、19世纪外国文学名著之外的其他名著随之跟进推出,诸如"三言二拍""清末四大谴责小说"等依次推出,围绕着它们的缩编版、少儿版和导读版也随之而来;"外国文艺丛书""二十世纪外国文学丛书""外国文学名著丛书"等大型丛书接踵而至。再稍往后,袁可嘉先生主编的那套《外国现代派作品选》更是引发了对20世纪后西方象征派、黑色幽默、意识流、荒诞派、魔幻现实主义等各种西方现代文学流派作品的引进与出版,甚至包括像《查泰莱夫人的情人》《第二性》等这些颇有争议的作品也在此时得以面世。现在回过头来看,这场战役既是一次不得已的战术选择,也是一次十分有意义的战略抉择。所谓"不得已",就是为当时的极度短缺所逼迫;所谓"战略",是指当时的这种"不得已"无意中拉开了中外文学出版广泛交流的大幕。

在以重印应对读者极度的阅读饥荒这段日子里,我们自己的原创文学出版经过一番蓄势终于得以爆发。他们在拨乱反正、反思历史、推动改革、文化寻根、关注时代、抓住人心、拓展艺术表现等方面都做出了重要的贡献,在一波波浪潮退去后无不留下了一个个精致的"贝壳"。在各个文学门类、各种文学题材、各个不同年度我们都可以信手列出一份长长的书单,排出一个壮观的作家方阵。

几乎与此同时,本同属中华文化之根却被禁闭了二十年的港台文学大门悄然打开。以金庸、梁羽生、古龙、还珠楼主为代表的新派武侠小说和以琼瑶、三毛、岑凯伦、亦舒等为代表的言情小说悄然登场并迅速风靡,由他们的一些作品改编成的电视连续剧随之霸屏,其中的主题歌亦迅速流传。这两种类型文学的出场给我们的文学出版至少带来了两点启示:一是关于什么是"类型文学",一是关于什么是真正的"大IP"。只不过在当时的历史条件下,人们还不足以清醒而明晰地认识到这一点。

这个十年中,还有一个现象其实也值得关注。尽管不是纯粹的文学出版,但它的涌现并成为当时之热点与文学出版的大热有着密切的关系,那就是域外哲学美学著作的出版热。"当代西方学术文库""新知文库""走向未来丛书"等是其中的代表,而李泽厚的《美的历程》和宗白华的《美学散步》等本土原创美学专著亦引人注目。

20世纪的最后十余年,社会主义市场经济的改革目标破土而出,文学的轰动效应已然失去,文学出版随之进入了平稳的发展阶段。这一时期的文学创作与文学出版虽不及上一阶段那般轰轰烈烈,但这样的平静并不妨碍文学出版的平稳推进,许多不同于上一个十年的新的文学作品得以推出,构成了一个又一个新的文学现象。

《白鹿原》《红高粱》《活着》《尘埃落定》等一批长篇小说的出版是这时期文学出版在平稳中持续推进的重要标志,这些作品和作家有的后来荣获茅盾文学奖或诺贝尔文学奖,有的持续雄踞文学畅销书排行榜前十的宝座。与此同时,一批重构历史的长篇小说出版此起彼伏,凌力的《少年天子》、唐浩明的《曾国藩》、高阳的《胡雪岩全传》等就是其中的代表。"替古人画像,供今人照镜子",对历史人物做出全面而真实的评价是这批历史小说的共同特点。而与这批历史小说相映成趣的则是以余秋雨的《文化苦旅》为代表的所谓大文化散文,这些作品着力对中国文化、中国历史进行追溯与反思,开散文出版之新河。如果说这些以历史为题材的文学出版的共同特点是"目光向后"的话,那么王朔的《过把瘾就死》等一批被称为"痞子文学"的出版则是目光向下,其调侃的语言和玩世不恭的态度构成一种特定的时代情绪而风靡一时。陈惠湘的《联想为什么》和赵忠祥的《岁月随想》的出版标志着财经文学的纪实和名人书出版露出了端倪。

——新世纪钟声敲响,新中国七十年的文学出版开始朝着文学出版大国的行列快速迈进。

在这十余年中,文学出版的市场化进程得到大力推进,细分化的市场和多元化的文学出版市场格局业已形成。此前已经出现的文学出版现象有的依然持续深化,有的已悄然偃旗息鼓,取而代之的则是另一些新的文学出版现象。比如由韩寒、郭敬明为代表的"青春文学"图书;比如以曹文轩和杨红樱为代表的原创儿童文学作品,以"哈利·波特系列""冒险小虎队系列"和《窗边的小豆豆》为代表的引进版少儿图书;比如以央视《百家讲坛》节目内容衍生出的一批电视图书,旨在以通俗学术著作的形式普及中华传统文化,其代表作为阎崇年的《正说清朝十二帝》、刘心武的《刘心武揭秘〈红楼梦〉》、易中天的《品三国》和于丹的《于丹〈论语〉心得》等;比如以白岩松的《痛并快乐着》、崔永元的《不过如此》为代表的一拨名人传记图书等都是这一时期出现的新的文学出版现象。

2012年党的十八大以来,主题出版开始引领思想文化发展,在这个板块中,文学出版同样是不可或缺的重要组成部分,纪实文学和长篇小说扛起了主力军的大旗。军旅作家王树增的"战争纪实三部曲"以及新晋茅盾文学奖获得者徐怀中的《牵风记》、徐则臣的《北上》都是这方面的代表佳作。

值得记录一笔的是,网络文学的异军突起也是这一时期文学出版的一种客观存在。尽管对它的内容及艺术水准的评价都存有巨大的分歧,但作为一种客观存在且体量巨大的文学出版现象,我们则无论如何无法视而不见的。

通过以上对新中国七十年文学出版三个阶段发展历程的极简回眸,一段虽有波折但总体还是呈现出向大向强的发展轨迹应该还是清晰而扎实的。无论是量的横向扩张还是质的纵向挖掘,无不指向一个挥之不去的客观事实:新中国七十年的文学出版已经告别孱弱而正在通向强壮的大道上。

新中国七十年文学出版的主导作用

总结新中国七十年文学出版的成功之道,固然可以从不同的视角、不同的侧面切入,但无论如何,以下两点所发挥的主导作用则是最根本、最值得总结与发扬光大的。

一是必须坚定不移地、全面完整地贯彻党的文艺工作总方针。文学出版所服务的对象就是作家、作品与广大读者,因此,坚定不移地、全面完整地贯彻党的文艺工作总方针同样是文学出版的首要遵循。习近平总书记指出:"广大文艺工作者要坚持以人民为中心的创作导向,坚持'二为'方向,坚持'双百'方针,坚持创造性转化、创新性发展。"作为党领导文艺工作的总方针,无论是"二为"方向还是"双百"方针抑或是"双创",其中无不充满了一与多、主与次的马克思主义辩证思维的光芒。那就是既要坚持方向与内容的主导不动摇,又要鼓励艺术实现方式的丰富与多样;既要坚持旗帜与方向的鲜明指向,又要通过艺术民主的方式、研究与讨论的方式来达成共识。新中国文学出版七十年发展的历史实践证明:但凡党的上述方针执行得坚决与完整全面时,文学出版的发展就正常,就健康,就繁荣;反之,则会导致单一、导致凋零,乃至遭到毁灭性打击。

二是必须建立起一套与新时代中国特色社会主义市场经济体制相适应的出版体制与运行机制。新中国成立伊始,我们文学出版制度主要表现为两种形式:一种是以自五四以来逐步形成的中国现代文学出版的优良传统为基础,主张走社会化道路,采取编辑、出版和发行合一的体制,将文学出版的多元化视为促成不同文学风格与流派形成的重要手段,独立自主、灵活经营和自由平等竞争等是其主要特征。另一种则是苏联模式,以当时苏联的出版制度作为建立新中国文学出版体制的范本,主要依照统一分工的专业化方针,国家成为文学出版的主体,发行机构则成为贯彻党和国家政治和文化意志的重要组织,高度的集中化、行政化和计划性是其主要特征。总体来说,一直到改革开放之初,国家对出版业总体实行的是事业化管理,形成的是以宣传教化为主要目的的出版发行体制。

伴随着改革开放持续前行的步伐，出版业的体制改革也随之不断走向深化。发行领域的先行先试破解了书荒之困，由民营书业快速崛起所形成的"二渠道"极大地推动了出版业的市场化进程。进入新世纪，中国加入世界贸易组织，出版业集团化、国际化进程加快，新华书店实行股份制改造，民营书业于2003年获得总发行权，出版业开始整体搞活。随后，出版体制改革由发行领域进入核心领域，出版单位开始实施转企改制，国家扶持实体书店的发展……一系列的改革举措一步步地持续为出版业注入新的活力，推动着新中国的出版业不断走向新的繁荣。

2018年11月14日，中央全面深化改革委员会审议通过了《关于加强和改进出版工作的意见》，其中明确指出："加强和改进出版工作，要坚持中国特色社会主义文化发展道路，坚持为人民服务、为社会主义服务，坚持百花齐放、百家争鸣，加强内容建设，深化改革创新，完善出版管理，着力构建把社会效益放在首位、社会效益和经济效益相统一的出版体制机制，努力为人民群众提供更加丰富、更加优质的出版产品和服务。"在这段高度凝练的文字中，新中国出版的根本方向、服务对象、管理体制机制和终极目标得到进一步确认。这也是对新中国七十年出版业发展经验的高度总结。事实上,作为出版业整体构成中的文学出版,也正是在不断破除旧体制的桎梏中一步步走向繁荣与兴盛的。

不难看出,新中国七十年文学出版的历程就是一部从孱弱走向壮大的文学出版发展史。在我们通向"第二个一百年"的伟大征途中,文学出版还面临着从壮大进入强壮的新长征,从"高原"向"高峰"的攀登之旅就是广大文学出版工作者面临的新征程。但有着前七十年奠定的良好基础,我们有理由坚信:长风破浪会有时,直挂云帆济沧海。

培育中国当代文学新经典

——茅盾文学奖四十周年刍议

缘 起

1981年3月14日,著名作家茅盾先生在自己辞世的前两周于病榻上向儿子韦韬口授了如下遗嘱:

中国作家协会书记处:

亲爱的同志们,为了繁荣长篇小说的创作,我将我的稿费二十五万元捐献给作协,作为设立一个长篇小说文艺奖金的基金,以奖励每年最优秀的长篇小说。我自知病将不起,我衷心地祝愿我国社会主义文学事业繁荣昌盛!

致

最崇高的敬礼！

茅盾

一九八一年三月十四日

接到这份特别请求一周后的 1981 年 3 月 20 日,中国作协主席团召开会议,决定成立由时任中国作协副主席巴金任主任委员的基金委员会。10 月,中国作协主席团会议决定正式启动茅盾文学奖(为准确起见,将茅盾原信中的"文艺奖"改为"文学奖",以下简称"茅奖")的评选工作,巴金任评委会主任,首届评选工作将于 1982 年进行。无论是茅盾先生"衷心地祝愿我国社会主义文学事业繁荣昌盛"的遗愿还是中国作协的决定,这个奖项的设立旨在推出和褒奖我国优秀长篇小说作家和作品,目前是我国最高荣誉的文学大奖之一。

今年恰逢茅盾先生逝世和"茅奖"设立四十周年,"茅奖"也在两年前完成了第十届的评选。四十年来,本人大部分时间与"茅奖"始终处于一种若即若离的状态。所谓"若离",是指从来就没有与它发生直接的关系。所谓"若即",则大致有这么几层含义:一是在《文艺报》工作的十余年期间,我作为中国作协机关报的一员,对每届"茅奖"的评选过程与结果不可能不予以关注,并要为此组织相关报道及评论;二是在人民文学出版社工作的十年间,每逢评奖年度,我总要组织本社出版的相关图书进行申报,为了争取四年一度的获奖机会,还不得不以"模拟评委"的角色对这期间社里出版的数百种长篇小说进行认真的比较权衡后进行筛选推送,同时,在日常工作中,难免也会对获"茅奖"图书的生产运营予以一点特别的关注;三是作为业余从事中国当代文学批评者之一,我对这项重要的文学奖项同样不可能不予以必要的关注。或许也正是由于长时间的这种若即若离状态,最近偶然的一次职业需要,本人不得不连续用了十周的部分时间,将从第一届到第十届"茅奖"的获奖作品依次重新梳理了一遍。应该说,这是一次基本以个人学习为目的的重温之旅,更是集中将十届"茅奖"的获奖作品做了一次整体观,因而我对"茅奖"从宏观上也就有了一些比以往强烈的心得与感受。

一、关于十届"茅奖"获奖作品的若干"大数据"

由于以往更多只是孤立地单看一届"茅奖"所产生的

三五部长篇小说,脑子里过得更多的当然也就只是那三五部长篇的特点及长短,最多也不过再想想在这个时间段中还有什么长篇落选,会有点遗憾,可能还会引发点不同意见的争议之类,仅此而已。而这一次集中重看十届"茅奖"总计产生出的48部获奖作品,以往并没有引起多少特别注意的若干现象和特点就自然地浮现出来,而十届"茅奖"所积累下的总体数据也比平时任何一届的单个数据来得更加显眼。套用一个现在虽时髦但并不完全贴切的词儿"大数据"来说,透过这些"大数据",似乎也可从这些获奖作品及作者中窥探出"茅奖"的若干规律、特点以及所产生的种种影响等等。

——从1982年第一届"茅奖"的正式诞生,到2019年第十届"茅奖"评选结果颁布,符合参评条件的从1977年到2018年这四十一年间公开出版的长篇小说,总数至少不会少于5万种(十分保守的估计,且不含网络文学)。在这四十一年间的5万部长篇小说中,总计产生了48部获奖作品(含2部获荣誉奖作品),年中奖率不足1.2%。品种中奖率不足1‰。这样的数据表明:能够摘取"茅奖"桂冠、获此殊荣的确是一件十分不容易、概率极小的事,既然如此,那换个角度也可以说,"茅奖"的门槛在中国当代文学的各类奖项中客观上也是最高的。

——获得"茅奖"殊荣的48位作家中,其中男作家40人、女作家9人次(其中女作家张洁获奖2次,第三届获奖作品《都市风流》作者为孙力、余小惠伉俪合著);这些作家在他们获奖时的年龄分布为:40—49岁之间的20位、50—59岁之间的15位、60—69岁之间的4位、70—79岁之间的6位、80—89岁之间的2位,90岁以上者1位。获奖作家这样一种年龄的分布,有两点显然比较突出:一是从40到59岁之间的作家在获"茅奖"作家中占比最高,达70%以上。当然不能由此简单地断言这个年龄段就是作家创作水准明显高出一筹的时期,但可以说处于这个年龄段的作家的确大多是自身创作力十分旺盛且趋于成熟的。二是40岁以下的年轻作家在十届"茅奖"的评选中尚无摘桂者,这究竟是因为他们的创作还不够成熟,还是有其他因素所左右?这似乎还是一个可以从不同角度展开研究的话题。

——获得"茅奖"的48部长篇小说从题材分布看:表现新中国时期题材24部、民国时期题材10部、革命历史题材9部、历史题材5部。这样一种题材划分的依据明显时而是作品所涉内容发生的时间,时而是作品内容本身,逻辑虽不统一,却比较直观清晰。从艺术表现形式来看,几乎无一例外都是现实主义占据绝对主导地位,尽管有的作品对荒诞、变形、意识流、时空跃跳、黑色幽默等种种艺术手段也有不少运用,但关注现实、体恤民生的总体倾向并未产生根本变化。这与茅盾先生毕生倡导的"为人生"的现实主义文学理念也高度吻合。

——除上述数据之外,还有一些数据虽还不够大,但似乎也属比较醒目,亦不妨陈示如下。一是在48部获奖作品中,大部头作品所占比重较为突出。尤其是张炜洋洋十卷本的《你在高原》;此外既有明确标示为"三部曲"的如王火的《战争和人》、刘斯奋的《白门柳》、王旭烽的《茶人三部曲》之一二以及格非的《江南三部曲》,也有虽为单部头但体量较大者,如徐兴业四卷本的《金瓯缺》,魏巍的《东方》、路遥的《平凡的世界》、熊召政的《张居正》和梁晓声的《人世间》皆为三卷本,姚雪垠的《李自成》(第二卷)、李准的《黄河东流去》、王蒙的《这边风景》和李洱的《应物兄》皆为上下两册,总计涉及14部获奖作品,占全部获奖作品的近三分之一,这也不是一个小数了。二是第三届"茅奖"首次设立了"荣誉奖",特别授予《浴血罗霄》的作者萧克将军和《金瓯缺》的作者徐兴业先生,这是"茅奖"设立以来迄今唯一的一次,所谓"空前"容易理解:一则因为萧克将军的特别身份与特殊经历,一则由于徐兴业先生在那届"茅奖"颁布时已不幸仙逝;是否"绝后"则不得而知。倘真成"独此一届",倒也不失为值得记载的一则"佳话"。

十届"茅奖"获奖作品通览下来获得的上述"大数据"自然是一种客观的存在,至于本人由这数据所引发的若干分析以及所形成的某种判断是否确切则是另外一回事。或许还可以有其他的分析与判断,但由此引发一些对促进我们长篇小说创作进一步繁荣、由"高原"持续向"高峰"攀登的思考无疑还是有点意义的。

二、坚持以时代为大幕、以人民为中心,聚焦现实、关注民生。

从 48 部获得"茅奖"的长篇小说之题材分析看,以新中国时期为题材者共 24 部,占据了全部获奖作品的半壁江山,这些作品无疑都是我们现在所说的现实题材;而 9 部革命历史题材和 10 部民国时期题材的这 19 部长篇小说,在时间上当是新中国诞生的前夜,内容逻辑则是与新中国诞生紧密相连;至于那5部历史题材作品,"古为今用"从来都是我们在这一领域奉行的基本创作原则之一。因此,在十届"茅奖"评选中脱颖而出的那些获奖作品共同呈现出最鲜明的特色之一,就是坚持以时代为大幕、以人民为中心,聚焦现实、关注民生。

这种鲜明特色的形成从表面上看固然是历届"茅奖"评委们的多数选择所形成的,但骨子里当还有这个大奖自身的内在逻辑的强大作用。"茅奖"系依茅公遗愿而设立,亦是我国第一个以个人名字命名的文学奖,这样一种血缘关系,使得它自诞生之时起就天然携带着茅盾先生的某种基因。

茅盾先生的文学基因有哪些?这在文学界已有基本的共识。当他在20世纪20年代初刚刚步入文坛之际,无论是他个人还是他作为骨干而置身其中的文学研究会,莫不鲜明地"反对把文学作为消遣品,反对把文学作为个人发泄牢骚的工具,主张文学为人生"。尽管由于那个时代与理论的局限,他们一时还不能完全厘清现实主义和自然主义的界限,因而在其理论主张中亦不时夹杂着一些自然主义的成分,但这种状况没过几年就得以改变,现实主义成为茅盾文学思想的核心。他坚定地认为文学必须是时代的反映,文学创作源泉是一定时代的社会生活,文学应该反映时代的风貌和不同历史阶段的重大事件。不仅理论主张如此,在创作实践中,他更是持续着力地践行着自己的文学主张:《霜叶红似二月花》展示了辛亥革命到五四前夕的江南乡镇生活,为旧民主主义革命末期留下一幅历史画卷;《虹》则描绘出从五四到五卅、从成都到上海的斗争风云;《蚀》反映了大革命前后从上海到武汉再到上海的斗争景观;《路》《三人行》从中部到南部,表现了大革命失败后一代知识青年的苦闷和追求;代表作《子夜》《林家铺子》和"农村三部曲"则展示了帝国主义侵凌下我国民族工业败落与农村经济破产的一幅形象画卷。可见,茅盾先生的文学创作大多是通过对某一历史时期广阔复杂的社会面貌的反映,试图揭示这个时代的本质特征,题材与主题往往具有重大性和时代性。凡此种种,都是茅盾先生的文学创作与文学主张最鲜明、最强大,也是最具特色的基因,而这样一种基因对中国现当代文学也一直在产生着强大的影响力,如此这般,更遑论以先生之名设立的文学大奖。

同样还应该看到的是,茅盾先生当年的遗嘱是留给中国作家协会的,因而这份遗嘱的执行人以及"茅奖"的实际操盘手理所当然也就是中国作协。作为中国共产党领导的、中国各民族作家自愿结合的专业性人民团体,中国作协是繁荣文学事业、加强社会主义精神文明建设的重要社会力量,其章程第八条就明确规定"坚持以人民为中心的创作导向,引导广大作家深入生活、扎根人民,努力反映以爱国主义为核心的民族精神和以改革创新为核心的时代精神,反映人民群众建设新生活的伟大实践,弘扬中国精神、传播中国价值、凝聚中国力量";而2015年修订后的《茅盾文学奖评奖条例》中也明确宣示"对于深刻反映现实生活和人民主体地位、体现中国精神、弘扬社会主义核心价值观、书写中华民族伟大复兴中国梦的作品,尤应予以关注"。

上述相关主张、意愿固然重要,但我以为更重要的恐怕还要看荣获"茅奖"的这48部作品所共同呈现出的"坚持以时代为大幕、以人民为中心,聚焦现实、关注民生"这一鲜明特点的实际效果如何。

说实话,我以前分散地阅读这些作品和这次的集中重览相比较,在这一点上的感受的确还是存有些许差异。首先，以往分散阅读时只是笼统地感觉"茅奖"比较注重现实题材的写作，而此次集中重览，脑子里浮现出的第一个鲜明画面就是，如果将这些获奖作品拼接起来，几乎就是整个中国现当代史一幅形象的文学长卷：从推翻清朝封建统治到辛亥革命、从五四新文化运动到中国共产党诞生、从南昌起义到抗日战争、从解放战争到抗美援朝、从社会主义建设热潮到十年浩劫、从拨乱反正到改革开放、从新时期到新时代……一个多世纪以来发生在中华大地上种种天翻地覆的变化在这48部作品中分别都留下了文学的印记；而这百年中华的变革路和奋斗史，我们过去在史书上看到的是脉络与骨架、实证与逻辑、推论与辨析；而在这48部作品中，我们读到的则是灵魂与肉体、形象与激情、想象与细节。读者在这样一次次的阅读中接受到的是一次形象的、灵动的、活生生的爱国主义教育。

其次，与现实、与生活的紧密联系既是文学创作的重要来源，也是数千年来文学的经验传承。我们曾经一度对这个问题有过疑虑与惶惑，而出现这些疑虑与惶惑的根本缘由恰恰不是文学坚持了以时代为大幕、以人民为中心，聚焦现实、关注民生，相反倒是在一个历史时期内对这个问题的认识出现了根本性偏差,以致种种粉饰现实、曲解历史等恶劣文风盛行文坛。伴随着新时期开启的拨乱反正,对文学而言一个首要任务就是要彻底否定那些看上去是在所谓"反映时代表现现实"的"假大空"文学,还那些被颠倒了的历史、被严重粉饰了的现实以真相。在这个过程中,或许是由于矫枉过正,一度出现了文学创作要背靠现实面向自我心灵之类走向另一极端的看法。当今天顺着时间轴来重读获得"茅奖"的那些作品时我们就不难发现,新时期以来的文学在这方面是如何一步步地艰难而执着地探索前行,当年《沉重的翅膀》和《白鹿原》在公开出版和参评"茅奖"时所引发的种种争议,其本质也都是在如何反映时代、表现现实等问题上存有不同意见的一种表现。应该说,当人们从历史的灾难中猛醒并经过持续不断地学习认识,特别是经过多方面的艺术实践,关于"文学要不要反映时代""表现现实"等观念在理论上已不是问题,问题更在于如何正确而深刻地认识、艺术而个性地表现时代与现实。在这方面,获得"茅奖"的那些作品以及另一些没有获奖的优秀作品已经通过它们自己的创作实践做出了肯定的回答。

三、坚持鼓励与包容长篇小说的艺术创新,坚持走多样化的创新与求索之道。

"大数据"显示:获得"茅奖"的48人次作家,他们获奖时的年龄分布从40岁到90岁之间不等。这种自然生理年龄代际的不同实际上就意味他们从事文学创作起步与发展的社会年代必然存有一定的差异。从这48人次获奖作家从事文学活动的实践看:他们的创作有的起步于20世纪三四十年代,有的开始于新中国诞生之初,有的伴随着新时期的开启而发轫,有的在"85文学新潮"中步入文坛,也有的更是在世纪之交才开始崭露头角。这当然只是一种大概齐的粗线条描述,算不上是精准的盘点,但他们各自的经历以及从事文学创作时所依托的大背景、大事件存在着先后不同的差异则是显而易见的,其中自然也包括他们所生存的文学氛围和所接受的文学熏染不尽一致,有的差异甚至可能还是巨大的。

获"茅奖"作家们生理年龄和文学年龄上的这种差异,究竟会给他们的文学创作,特别是给各自的艺术表现力带来什么样的影响?彼此间存在着哪些具体的异同?这当然不是本文更不是本人的能力所能回答的问题,但可以肯定的是:这种异同在他们之间是一定存在的,总览48部"茅奖"获奖作品,其总体景观如何?套用一句未必准确的话来描述,那就是"各美其美,美人之美;美美与共,合而不同"。

所谓"美美与共"至少有如下两层含义:一是48部"茅奖"获奖作品中的绝大部分内容上严谨厚重、思想锋芒各显风骚;艺术上八仙过海,各路大招接踵而至;口碑上众望所归,不少作品诱发洛阳纸贵。记得我还在人民文学出版社主持工作时,在一次年度选题论证会上,一位资深编辑鉴于社里当时出版的那套《茅盾文学奖获奖作品全集》双效俱佳,遂建议再组织一套"茅奖遗珠"丛书。姑且先不论该选题是否有蹭热点之嫌,问题的实质更在于真能配得上这所"遗"之"珠"称谓的到底有几粒?于是,作为主持人的我便不动声色地请与会的社选题委员会成员就此提出一些具体的篇目,结果,一番七嘴八舌之后,就此话题能够形成基本共识的作品不过只有区区两三部。插入这样一段花絮无非是想说明一点:尽管每届"茅奖"评选的具体结果都会引发一些议论甚至争议,但它总体所获得的共识度还是相当高的。二是自"茅奖"设立以来,虽然始终都在坚持以时代为大幕、以人民为中心,聚焦现实、关注民生这样一条基本准则,但在鼓励与包容长篇小说的艺术创新,坚持走多样化的创新与求索之道这一点上同样也是始终如一的。这一点,获首届"茅奖"的《许茂和他的女儿们》、《东方》、《将军吟》、《李自成》(第二卷)、《芙蓉镇》和《冬天里的春天》这6部长篇作品就已显露端倪,除去《东方》是革命历史题材,《李自成》是传统历史题材外,其余4部都是带有鲜明反思色彩的现实题材,虽同为那个时点上比较热门的"反思文学",但各自"反思"的路径与手段还是足以见出明显的差异。其中李国文的《冬天里的春天》就被公认为是比较早的,或许也是无意识地借鉴和运用了外国现代小说叙事的一些艺术手段,诸如打乱时空秩序,过去、现在与未来之间的闪回,忽左忽右的跳动,借主人公的视觉、听觉构成意识的流动从而在整体上明显呈现出一种不同于以往长篇小说写作一些鲜明的艺术表现。要知道,李国文创作这部长篇的时间是1981年,距离80年代出现的那段现代派热至少还有两三年时间。但就是在这样的大背景下,《冬天里的春天》依然摘取了首届"茅奖"的桂冠,这不能不说鼓励与包容长篇小说的艺术创新,坚持走多样化的创新与求索之道,是"茅奖"自设立之初就开始秉持着的另一条基本原则。

所谓"合而不同",指的是聚集在"茅奖"这同一面大旗下的48部长篇佳作虽有着十分鲜明的共同指向,但这种共性主要表现在基本原则与基本方向上,至于其各自在如何表现上所呈现出的艺术风格和表现手段则是十八般武艺齐上阵,好一番姹紫嫣红、春色满园的丰富景观。出现这样一种丰富多彩的景观十分正常,除去"茅奖"评奖条例中明确的"鼓励题材、主题、风格的多样化"这样的包容精神外,也自有某种客观必然性。如前所述,获得"茅奖"殊荣的48位作家那样一种横跨半个世纪的生理年龄结构客观上就导致了他们各自的生活道路、社会阅历、受教育背景以及接受文学熏染的条件不尽相同乃至相去甚远,如此这般的种种差异不可能不对他们的创作产生影响,进而在作品中特别是艺术表现上呈现出种种差异也就实在正常不过,即使是面对同一大类题材的创作也是如此。比如,魏巍、刘白羽、王火和徐怀中等4位作家的获奖作品同为革命历史题材,他们的生年和从事创作的起步时间也大体相差无几,但获奖作品所呈现出的艺术风貌还是烙上了自身鲜明的个性印记。

如果说上述现象本身就是符合一切优秀作家、优秀作品基本创作规律的话,那么,将 48 部获"茅奖"作品拼接起来,则依稀呈现出一条近四十年来我国长篇小说创作在艺术上所走过的探索发展轨迹。倘由此再继续探寻这样一条发展轨迹得以形成背后的种种因缘,这既是我们观察"茅奖"设立四十年来在推动我国长篇小说创作繁荣与发展方面发挥了哪些积极作用的一个重要角度,也可以为探寻我国长篇小说创作如何从"高原"向"高峰"攀登提供十分有益的借鉴。

为了勾勒这个轮廓,我试图用十分概括的语言来描述"茅奖"设立这四十年来国家及文坛大的时代背景以及获"茅奖"作品在艺术表现上的若干细微特色。从国家大背景来看,自 1978 年党的十一届三中全会重新确立了解放思想、实事求是的思想路线,做出了将党和国家的工作重心转移到经济建设,实行改革开放的伟大决策以来,在这四十余年中,以解放思想、实事求是思想路线为指引,我们国家改革的深度与开放的广度持续推进,经济也开始由计划经济向社会主义市场经济持续转型。而具体到文艺上,其"拨乱反正"的任务尤为艰巨。所谓"正",就是要坚持"二为"方向和"双百"方针,繁荣发展社会主义文艺,建设社会主义文化强国。跟随着整个国家思想解放、改革开放的大潮,文学创作不断突破长期以来极左文艺所设置的种种禁锢,扎根现实生活实际,尊重艺术审美多样规律,立足中华文化之根,吸纳世界文明之优,文学创作持续走向丰富与多样的特征和趋势日益突出。如果从20世纪80年代初以来先后出现的、曾经产生过不同程度影响力的文学现象这个角度来看,从所谓"伤痕文学"到"文学反思"到"改革文学",从"文化寻根"到"文学主体性"到"现代派",从"先锋文学""新写实""新状态"到"文学失去轰动效应"……当年这些"一波未平,一波又起",涉及面甚广、参与者甚众的所谓文学现象或文学争鸣,固然都有当时具体的背景与指向,也都有其必要性与价值所在。但今天面对上述这些本人都曾经亲历或直接参与过的过往,我在设想:后来者又会如何看待与评价那段热闹非凡的历史呢?现在来看,当年那些争来斗去,面红耳赤,纠结万分的不都是文学创作一些最基本的原理吗?用一句话来概括,无非就是文学创作"写什么"与"怎么写"这六个字,其中有不少问题本质上不过回归了文学创作的基本常识和基本常态。说到底,常识之争在当时居然可以热闹非凡,是因为在相当长一段时间内失常了。

而常识一旦归位,呈现出的自然便是常态,研究依然在进行,只不过不再会形成热点;呈现在创作上则是创新与变革始终在温和而有序地展开,鲜有那种剧烈的变形与夸张。如果站在20世纪80年代的立场,的确很难设想莫言、苏童、格非……这些昔日的"顽童"与"先锋"也能摘取"茅奖"的桂冠,很难想象阿来笔下的土司、徐贵祥笔下的姜大牙、徐怀中笔下的汪可逾、李洱笔下的应物兄……这些另类角色能成为"茅奖"作品中的座上宾,很难预判徐则臣这样的70后就能登堂入室……当然他们的获奖作品也不是他们曾经创作过的《第四十一炮》(莫言)、《我的帝王生涯》(苏童)和《敌人》(格非)那一类型。姑且不论莫言、苏童和格非们的获奖作品是否就是现实主义的创作,但可以肯定的是,这些作品与陈忠实、路遥等作家笔下的现实主义并不完全相同,这才是一种十分正常、十分健康的文学生态。一方面彰显了我们的长篇小说创作经过思想解放的洗礼,在一个改革开放的大时代与世界文学持续进行广泛深入交流,经过一系列热烈和不那么热烈的研讨或争论……开始步入一种以我为主、广泛吸收融合的自觉时代;另一方面也说明了我们的"茅奖"评选在坚守自己内容上鲜明主张的同时,艺术上也始终秉持着兼容并蓄、平等交流的包容胸怀。

这样一种有态度、有温度的坚守立场与鼓励创造才是一种真正意义上的文化自信。"茅奖"设立四十年来，我们的长篇小说创作总体数量不断增长、总体质量持续提升的大趋势是一种客观的存在，其中因素固然很多，但四十年来"茅奖"评选这无声的引领与激励作用无论如何都是值得认真研究与总结的。

结　语

2019年召开的党的十九届四中全会在谈到坚持和完善繁荣发展社会主义先进文化时，再次重申了要"建立健全把社会效益放在首位，社会效益和经济效益相统一的文化创作生产体制机制"。如果依据这样双效统一的原则来衡量"茅奖"四十年来的成果，我以为它也是完全达标的。

作为国家级的文学奖项，其社会效益评价毋庸多言，它所奉行的评奖原则之一绝对是社会效益一票否决制。而经济效益，我现在虽无法提供所有"茅奖"获奖作品翔实准确的销售数据，但从我在人民文学出版社十年的工作实践看，但凡获得"茅奖"的长篇小说，在宣布获奖的当年有一段销量的增长期,至于这个增量是多少,不同的作品数据也不一样,但肯定是以万册的增长为单位计。此后便转为常销书,即每年都会有销售:有年销百万册以上的,也有几十万、几万册的,最不济的也有数千册。在当下图书市场普遍不甚景气、"卖书难"之声一片的背景下,能有如此业绩当然是十分好的了。这就是货真价实的双效统一、叫好又叫座。正是因为有了"茅奖"获奖作品的这种参照,每当听到有人自诩其作品"叫好不叫座"时,我内心大抵都是不信不屑,甚至有时充满鄙视。

  我所总结的"茅奖"取得成功之经验或许不够完整不够准确,但拙文描述的事实则完全是本人亲身经历或亲眼见识。一个文学奖项在四十年这样一个不长不短的时间周期中,能有如此骄人的业绩,称其为培育新中国文学新经典的摇篮不过只是实至名归,而它成功的经验对如何推动我们的长篇小说创作从"高原"向"高峰"成功攀登也会提供不少启示,这或许还是我们今天剖析"茅奖"这个个案之所以能够大获成功的另一重价值吧。

回望 80 年代文学批评

张清华教授给我打电话,问我能不能和大家谈谈 20 世纪 80 年代的文学批评。一听到这个题目我就乐了。为什么呢?近些年我参加一些文学或出版活动时,熟悉的主持人时常用"80 年代著名的文学批评家"来介绍我。然后我就琢磨:这到底是褒还是贬呢?所谓褒,自然是在张扬一种资历;说贬吧,好像也可以,无非是过气了的味道。这当然是事实。但无论是褒还是贬,有一点我还是很受用的,那就是本人至少还是那个时代文学批评的亲历者和见证人,以这样的角色来谈谈 80 年代的文学批评或许还不是完全没有价值。

时光荏苒,80 年代到现在已过去了三十余年,即便是 80 年代末,迄今也有二十余年的时间了。现在如果大家去查80年代文学批评的史料,你们就会发现头绪很多,话题很多,论争很多,事件很多,人物也很多,而且彼此间不时还错综复杂地纠缠在一起。站在今天的立场看,也许会觉得其中不少的"多"都是多余,这些全是事实。因此,面对那些个"多",面对今天有限的时间,我不可能报流水账,只能用一两条明晰的线索,把前面说的那些个"多"串起来。这当然是一种归纳的方法,只是任何归纳也都是一种省略。作为那个年代的亲历者和见证人,现在要我来回望80年代的文学批评,一方面,我经常沉浸在对那个年代热情和纯真的追忆与怀念之中;另一方面,面对今天文学写作和文学批评的现实,我也常常自省:当时我们的出发点并不是这样,为什么今天会变成这样?正是基于这样的心境,我想从如下两个角度和大家做一些沟通和交流。首先,尽可能简单明了地将80年代的文学批评捋出一两条线索;其次,站在今天的立场上,回望一下80年代的文学批评。

反拨:80年代文学批评的主题词

讲80年代的文学批评,不能不从那个时代的大背景开始说起。不了解当时的背景,包括政治与文学的背景,就很难理解当时文学批评的一些话题和论争。再准确点说,考察80年代的文学批评,其时代背景还要再往前提三四年,即从70年代的后期说起。

先说政治大背景,也可以说是时代大背景。以1976年10月粉碎"四人帮"为标志,形式上结束了"文化大革命"的十年浩劫,其实1978年12月党的十一届三中全会的召开才真正结束了以阶级斗争为纲的旧时代,拨乱反正、解放思想成为新的时代主旋律。

再看文学自身的背景。现在无论如何设法剥离文学与政治、与时代的关系,追求一种所谓纯而又纯的独立的文学,这种关系事实上总是不会以人的意志为转移,而存在着千丝万缕的联系。当时光停留在1976年这个节点上时,表面上看,此前文坛上能够公开存活着的仅有那些后来被描述为"阴谋文艺"的玩意儿,而更多曾经脍炙人口的作品则被一条"文艺黑线"一网打尽。在不少文学史论者那里,他们总觉得"文化大革命"和所谓"阴谋文艺"好像是横空出世,"文化大革命"十年是一个文化的沙漠,事实却根本不是这样。1966年到1971年这五年间确实没有什么作品,硕果仅存的就是毛泽东诗词和八个样板戏,更多的则是流传于民间的打油诗、大字报等。但是1971年以后还是有些作品的。你们现在从文学史上只能看到"阴谋文艺",其实有的也不是太"阴谋"。我估计这五年间面世的长篇小说应该也有近百部,只不过在许多文学史著述中能看到的仅有《牛田洋》《虹南作战史》等这样一些"阴谋文艺"的代表。如果我们仔细观察,从十年"文化大革命"依次向前推到"十七年"甚至再到1919年以来的新文学,在深层中一直也有另外一条线贯穿下来,无非是表现得或隐秘或突出而已,那就是文学与政治的关系。毋庸讳言,文学与政治肯定有关系,但这种关系一旦被强调到极端,文学就成了阶级斗争的工具,彻底沦为政治的附庸。简单往前捋捋这条线无非是想说明,即使是观察一个点、一个阶段的文学现象,我们也不应该简单地切断历史。对1919年以来新文学本质的理解就是一个无法绕过的大背景,只不过到了"文化大革命",文学的政治性被推到了一个极端。

　　本来社会学批评只是文学批评中一个很正常的分支,但庸俗社会学就要另当别论了,如果要追溯历史的话,可以一直往前追到20世纪30年代苏联的"拉普"那边。批评的功能本是多样的,它的学科也是多样的,但我们在20世纪五六十年代却逐渐向着单一的方向演化,到"文化大革命"十年,它更是被推到极致,所以才会有"扣帽子"和"打棍子"之说。你们如果回头查阅一下20世纪六七十年代以姚文元为代表的批判文章的话,对于我说的庸俗社会学就会有一个非常深切和直观的理解。

一面是十年浩劫刚刚结束,一面是解放思想大旗的刚刚树起;一面是文学沦为阶级斗争的工具,一面是庸俗社会学批评甚嚣尘上——这就是80年代文学批评面临的大背景。文学的政治属性被推到极端,表现在文学批评上就是庸俗社会学大行其道。这样一种思想背景和时代背景不会随着三中全会的召开而一夜消失。一种思想和方法的破与立,远不是抓几个人、开几次会就能解决的,无形当中会持续很长一段时间。

就80年代初的文学批评而言,尽管粉碎了"四人帮",思想上擎起了拨乱反正、解放思想的大旗,但是几十年沿袭下来的极左思潮和力量还是不可小觑。明白了这一点,今天特别是年轻人对当时的文学思潮与文学论争的理解就要容易得多,否则一定会觉得怪怪的。先是为"文艺黑线"与"文艺黑帮"平反。你看,"平反"这种事儿本应是司法范畴的活儿,但在那个时候却被文学界搞得风风火火。再看围绕所谓"伤痕文学"的论争,诸如卢新华的《伤痕》、刘心武的《班主任》和陈国凯的《我应该怎么办?》等,今天你自然会觉得这些作品都很幼稚,思想上、艺术上不过如此。但是在当时那么一个节点上,这样的作品竟然会引起轩然大波,其背后之根源就是我前面所说的,那种极左的思潮还在不知不觉地左右着不少人的思想与意识。你只有理解了这样的背景,才能对20世纪80年代的文学批评有一个宏观的把握。不管20世纪80年代文学批评的头绪怎么多,不管它的论争怎么多,不管它的事件怎么多,所有这一切在我看来都是万变不离其宗,都是围绕着一个主题词在运行,而这个主题词就是两个字——"反拨"。反拨什么呢?就是我前面所说的文学是阶级斗争的工具和庸俗社会学批评。我当时在《文艺报》做编辑工作,当时的《文艺报》还是颇有几分辉煌的,其影响力绝不仅限于文学界,而是整个意识形态领域乃至整个中国的社会生活。我印象中那时好像每天都很热闹,不热闹就要制造一点热闹,导演一场争鸣,但当时的"打架"都比较友善。而所有这一切热闹、这一切争鸣、这一切话题,都是在围绕着"反拨"做文章。比如说,1979

年《上海文学》发表的《为文艺正名》和《河北文学》发表的《"歌德"与"缺德"》都引起过激烈的争论。这些话题在今天看来自然都不成为问题,但在当时则差不多是双方正面交锋的开端,而这种交锋先是就文学与文学批评的一些外围话题展开争论,然后逐渐地沿着场子朝里面深入。这样一条轨迹应该还是比较清晰的:开始就是在文学与政治、"歌德"与"缺德"这样一些外围关系上缠绕,到刘再复提出"性格组合论"开始进入人本身。刘再复认为人性是一种复杂的二重组合:它有善的一面,也有恶的一面;有好的一面,也有坏的一面。这些我们现在早就司空见惯了,但在当时可是不得了的见解,按照庸俗社会学的标准,又怎么可能"同一个世界,同一个梦想"啊?现在我们可能更关注"性格组合论"局限的一面:怎么能把鲜活的文学写作、人物鲜活的多面性简单地说成是二重性格呢?说是 N 重性格也不足为奇吧?但这样的理论在当时提出来就近乎一场革命,就是对当时背景下文学理论的一种反拨、一种挑战,从文学研究上讲,好歹和创作规律也接近了一点。

再接下来,就是以鲁枢元为代表的文学"向内转"了。所谓"向内转",就是强调文学要注重人的心灵,鲁枢元认为以前的文学过于关注外在的东西,现在应该转向人内在的心灵世界。在今天看来,这也不是什么问题,现在岂止是"向内转",而几乎是"转"进去出不来啦。但当时提出这样的见解也是新鲜得不得了,由于"左"的影响还在,就很容易被戴上一顶"唯心主义"的"帽子",这就很麻烦了。你现在可以大讲"任何历史都是个人的心灵史",但在那个时代里历史只能是客观的,谁要是"唯心",自然逃不掉被"共诛""共讨"的厄运。所以,当时这个文学"向内转"的争论又是闹得沸沸扬扬。差不多与此先后展开的论争还有围绕着以王蒙、李陀、冯骥才关于高行健那本小册子《现代小说技巧初探》评价的争论,他们在《上海文学》发表的三封信被称为"三只小风筝"。其实,"小风筝"们不过是稍微诠释和借鉴了现代派的一点手法而已。再往下发展就是所谓的"寻根文学"之争,"寻根"即试图从中国传统文化的层面来淡化和消解政治对文学的影响。于是,就有了以韩少功、阿城、贾平凹、李杭育等为代表的一场关于"文学寻根"的讨论。再往后,又回到刘再复身上,他从人物"性格的二重组合"走向了"文学的主体性",强调文学要以自身为主体,骨子里也是让文学努力挣脱政治附庸的身份,又引起一场轩然大波。

这些大大小小的笔墨官司打下来,大概就到了20世纪80年代后半期。1987年陈思和和王晓明在《上海文论》组织发起了"重写文学史"的论争。文学史为什么要重写?因为我们过去对文学史的评价标准存在着问题。我们对1919年以后文学史的评价过于单一,以致发展到简单按照"文学是阶级斗争的工具"这一理论,按照庸俗社会学这样一种批评标准来取舍。于是,许多重要的作家和作品被淹没、被遮蔽。于是,才会有在七八十年代初,研究一个沈从文、研究一个钱钟书、研究一个张爱玲就可以在海外拿一个不错的博士学位的现象。显然,"重写文学史"不是从某个点,而是从整个文学史的层面在进行反拨。

概括起来说,整个80年代这样一些大小不等的论争和事件,骨子里都是在反拨,都是在我前面所说的那个背景下进行反拨,从一开始简单的正面交锋,到逐渐进入创作规律、写作角度,然后再到文学史的重写。这是一条线,80年代文学批评中一系列的论争和讨论都可以在这条线上找到自己的位置。

还可以换一个视角看,80年代的文学批评也是对盛极一时的庸俗社会学批评的反拨。上面所列基本上都是在说创作、文学史、文学的本体以及批评实践，而有关文学批评自身的一系列命题之争在80年代也是非常突出的，最典型的就是1985年的"方法论"大论争。当时有批评者提出要将"三论"引入文学批评，而所谓"三论"是指信息论、控制论和系统论，显然这是试图把自然科学研究的新方法引进到文学批评中来。干吗要引进？那些自然科学的新方法论包括一些科学哲学的思想等对我们这些从事人文学科者而言都是半懂不懂的，更多的就是根本不懂。当时大家都搞得很酷爱学习似的，拼命地找这些书看，什么信息论啦，控制论啦，系统论啦，包括一些怪里怪气的概念。现在想想，本质上是在找武器，试图让批评自身独立化、学科化和科学化。这样一种努力是从方法论角度切入，当然也会有一些更具体的话题，诸如围绕着文学批评中新概念和新术语的使用所引起的论争等。当时要是在文学批评中用一个"场"啊"熵"啊"力"啊什么的，马上就会有人来质疑。好在那时候大家说一个概念，首先还是会努力确定一下它的内涵和外延，试图在逻辑上把它说得周延一点，不像现在开口就来，一个简单的例证就是现在批评中动不动就"经验"满天飞,什么中国经验、心理经验、历史经验、童年经验、女性经验、乡村经验、都市经验……我就一直在想,这个"经验"到底是个什么东西?说了半天,好像不过就是过去所说的生活或者是体验。你能说出现在的"经验"与以前传统概念本质的差异吗?恐怕很难。因此,我觉得80年代的"方法论"大讨论以及由它延伸出来的一系列话题大都还是从一些最基础的点上出发的。其实,就理论创新而言,也经常是要从概念创新开始,但一个概念的创新和提出,应该有明确的内涵和外延,从逻辑上来说,它是能够展开的、可以推论的,那种不讲逻辑的、自己都廓不清内涵与外延的所谓"新概念"只能是一种伪创新。80年代文学批评方法论的大讨论虽有真伪混杂之诟,但我以为总体上还是以建设性为主,并由此作为切入口而深化到文学批评的学科化建设,随之就出现了"文艺新学科"之说。那么,这"文艺新学科"又是指一些什么呢?当时整个文艺学体系的建设大概是有这么一种三个层次的划分:最上层的即所谓形而上的,就是文艺概论、文艺原理、文艺美学之类;最下层的即所谓形而下的,就是具体的批评;在上下两层中间的这一片,我开玩笑就把它叫作"形而中",也就是当时所谓的"文艺新学科"。实际上它是在借用不同的专业学科知识来理解文学、研究文学，比如文学叙事学、文学社会学、文学心理学、文学批评学、文学形态学、文学生态学等。当时刘再复还牵头主编了一套"文艺新学科建设丛书"，由两个系列组成：一个叫"译文系列"，全是引进，主要集中在湖南文艺出版社和中国文联出版公司出版。这个引进的系列就是国外相关学科著作的引进，诸如巴赫金的复调理论、托多洛夫的形式主义批评、弗洛伊德和荣格等的文艺心理学等。另外一个系列叫"论著系列"，由人民文学出版社和中国社会科学出版社出版。

关于80年代的文学批评，我试图用以上这两条线把它串起来。应该说在那十年当中，绝大部分的事件、论争、话题，包括当时的批评家，用这两条线基本上是可以把他们全部拎起来的。这样串起来后再回过头看，不管是这条线也好，还是那条线也好，是不是都在围绕着"反拨"两个字做文章？反拨过去是为了追求什么呢？概括起来说就是追求一种独立———文学的独立，批评的独立。而且，这种对独立的追求是在论争中逐渐走向深化，走向专业，走向科学。

平和:回望80年代文学批评的关键词

三十多年过去,站在今天的立场,究竟应该怎样看待80年代那样一个"火红的年代"和那段热辣辣的文学批评?现在大家可能经常会听到我这个年龄段或者比我这个年龄段更大一点的人发出的感叹:80年代是文学批评最好的历史时期,而且他们还可以拿出很多论据。至于就我这个从90年代后半期开始就一直在文学边缘徘徊者而言,则更愿意用一种平和的心态来回望80年代的文学批评,而且我也顽固地认为:只有持这样一种平和的心态,才能对80年代的文学批评有一个相对清醒而公允的评价与理解。因此,我愿意将"平和"二字作为回望80年代文学批评的关键词。

尽管在回望80年代的文学批评时我努力要求自己保有一种平和的心态,但作为那个时代的过来人,首先想说的一点还是要对当时大家围绕着文艺批评探讨的态度表示敬意,那是一种真诚、一种纯粹、一种非功利的态度。有人用"流金岁月"来形容80年代的文学和文学批评,是不是有点夸大其词?我个人基本上也是认同这样一种评价的。我记得 1985 年《文艺报》组织过一次不到五十人规模的全国青年文学批评家座谈会,我是会议的具体"操盘手"。当时我们自己给青年批评家的年龄划到 40 岁,除了个别省带有一点"扶贫"的意思而略有放宽,其余 40 岁以上的一个不邀。在那次会议之前,大家认可的是老一代批评家和中年批评家,比如说冯牧、陈荒煤、陈涌等就是老一代批评家的代表,而阎纲、刘锡诚、陈丹晨、何西来、童庆炳等一大批就是中年批评家的代表。这次会议则意味着一代青年批评家的崛起,比如陈思和、王晓明、鲁枢元、吴亮、程德培、南帆、许子东、蔡翔等都属于参会的 40 岁以下的青年批评家。这个名单第一次在报纸上集中亮相。一代青年批评家由此诞生,这是 20 世纪 80 年代文学批评中重要的队伍建设。这个会在当时的国务院一招(现为国谊宾馆)开了三天,但不少人几乎有两天没睡觉。当时熬通宵可不是像今天这样又是喝酒又是打牌又是卡拉 OK 啥的,而是待在房间里抽着劣质的香烟争得面红耳赤。谈什么呢?无非是我前面说过的那些话题,白天在会上说了还不够,晚上还要接着争。现在的年轻人看那批人那时的这种表现,难免会感觉傻乎乎的,神经病一样。其实那就是一份真诚,真诚得没办法。现在经常被提及的那个年代的几个会除去这个,还有先后在杭州和在厦门召开的一个会。那确实是一个充满了激情和真诚的年代。现在这拨人中岁数大的也就六十出头,但有一些已经开始在回忆80年代了。在我的感觉中,怀旧、写回忆录,一般都得在65、70岁以后,况且现在人的寿命都长了,60岁左右就开始追忆往事是不是有点早?再一想,这些人真是在情感上怀念那个时代。为什么怀念?那时候大家在物质上其实还是比较匮乏的,没有版税的概念,也没有出场费、讲课费、审读费、润笔费这些个名堂,至于"红包批评"更是天方夜谭。一篇批评文章所得不过数十元,一次能拿到百元就挺高兴的。从这些个意义上说,那个时代的确完全是非功利的,大家怀念的只是青春的激情和纯真沸腾的氛围。

80年代文学批评第二个显著的特点,就是一代相对独立的批评家正式登台亮相。用"人才辈出"来描述那个时代真的不过分。一些老批评家老当益壮,一些中年批评家日渐老辣,而突出的则是一大批青年批评家的脱颖而出。当时从事文学批评也不像现在这样讲"门第",非要有个博士、硕士之类的头衔不可。只要你认真读作品、深入思考问题,有才气、有见解,再加上笔头勤快,写出文章往报刊寄,一定会有编辑认真看,认真选,选中了就发,发多了你就出头了,一切就如此简单、单纯。"学院派"固然很多,但所谓"自学成才"者亦不少,像上海的吴亮、程德培不过中学学历,但看他们当年的文章,一个充满了才气和思辨,一个对作品的解读非常之细,两个人的特点非常鲜明。这批青年批评家的文章当时还是迷倒了不少人,无非当时没有粉丝之说而已。一批独立的批评家登上了历史舞台,绝对是那个时代抹不掉的一片云彩。

80年代文学批评第三个必须提及的特点是,它的指向性非常清楚,个性非常鲜明。比如说"歌德"与"缺德",比如说人物性格的二重组合,比如说文学的"向内转",等等,话题所指非常清晰,但个人表达又同样鲜明,这显然不同于后来的批评。现在批评的话语看上去很有个性,但仔细一看更多是阶段性的,某一个时段"后"流行,就"后"声一片:后现代、后殖民、后工业……而且是共性的,所有的作品在他笔下的解读都是"后",所有的作家在他笔下的评价同样是"后"。而80年代尤其是在80年代前半期的文学批评中,应该说这种现象非常少,末端开始出现一点苗头,特别是在强调了方法论以后,但是还不那么极端。无论是批评的学科化还是科学化,都不等于批评的制式化与批量化。

抱着平和的心态回望80年代文学批评,它的一些局限性在后来也开始显露。坦率地说,后来文学批评中出现的一些问题是否应该由20世纪80年代的文学批评来担责?对此,我也很是纠结。如前所说,80年代文学批评涉及的一些话题与争论,其针对性都很强,其"反拨"的指向也十分清晰,在80年代那种特定背景下这些都没有任何问题,但恰恰是由于"反拨"的意愿太强烈,在一种"矫枉过正"的集体无意识中,自觉不自觉间就犯了"倒洗澡水连同婴儿一同倒掉"的毛病。其实更多时候还到不了"倒婴儿"那般严重,无非是为了强调某一点而有意回避另一点。而这样一种"攻其一点,不及其余"的做法,其后果在如下三个方面表现得尤为突出,从这个意义上讲,回望80年代的文学批评,我们也需要新一轮的"反拨"。

首先,我们曾经强调批评的方法,重视它的学科化,这都没问题。但在强调的过程中又多少不自觉地忽略了对文学的生命体验,丢掉了文学最有生命活力的东西,以致发展到后来成为文学批评中非常突出的一种现象。一部本是充满生命力的活生生的作品,在当下不少的批评文字中是没感觉、没血肉、没情感、没生命的,批评成了一种非常枯燥的,甚至非常教条的公式,前面说到的那种阶段性的话语、那种拿着某顶"大帽子"到处套的批评就是典型。现在这样的批评大量充斥着我们的批评刊物,没有灵气,没有活力,没有体验,没有感觉,没有地气,没有生命的灌注,没有情感的投入。因此,今天经常会看到一些很荒诞的现象:面对分明不同的作家和作品,且这种不同并不需要有很高的文学教养就能看出,但不少的批评文字却在那里千篇一律地高谈其"能指"和"所指",说这个解读和那个解构,这不是扯吗?我们可以讲批评的学科化,可以要科学的方法,但万万不能将文学最基本的东西给拿掉了。如果把情感、把想象、把体验、把地气、把生命都拿掉了,那还有文学吗?

其次,20世纪80年代特别是后期的文学批评曾着力强调"怎么写"很重要,至于"写什么"则是第二位的。这是那个时代的腔调,矛头所指就是所谓"题材决定论",同样是一种"反拨"。现在回过头看,强调"怎么写"的重要性当然没问题,但"写什么"真的就完全不重要了吗?

这里我不妨先从文学市场真实而残酷的现状说起。当年我们曾经极力追捧的所谓纯文学、雅文学、先锋文学、实验文学的市场正在急剧萎缩,包括众多知名作家的作品销量同样是一路下跌;相反,我们曾经不屑的所谓类型读物、通俗作品销量倒是一路攀升。虽然有人为这种现象找到了解释,叫作写作的多样化与阅读的分众化,我甚至还可以为这种现象再增加两条解释,诸如社会为人们提供的选择机会多了,类型读物和通俗作品的销量从来就多于纯文学雅文学之类,这些当然都是客观现实;但同样的客观事实我们实在没理由视而不见,那就是阅读毕竟还在且永远不会死去。那为什么现在的读者宁愿选择那些叙事相对粗糙的类型读物和通俗作品,而抛弃那些艺术上明显要高出一截的纯文学呢?你总不能由此就认为我们的读者全是愚昧,全是品位不高吧?你也不能因为这些书好卖,那些书不好卖,就怪罪于我们数以亿计的读者吧?重要的是需要研究到底是什么原因导致了一个卖得好,一个卖得不好。

其实两者间的差异是明显的:在"怎么写"的环节上,那些被称为纯文学或雅文学的作品无论在叙述方式、语言表达还是结构、人物等方面,的确要明显高出那些类型读物和通俗作品一筹,这是可以用质量的差异来衡量的;但在

"写什么"这个环节,我们只能说,尽管同样存有明显差异,但这种差异性只不过是选材的不同,而与质量无关。对此,我们不妨将两者做一个简单的概括比较:那些叙事比较娴熟的作家在"写什么"时,要么干脆对当下社会生活没兴趣,一下子把时空拉回到一百年前、五十年前去了,动辄"我爷爷"如何如何,"我奶奶"怎样怎样,要么是抽象地玩一些诸如生命、情感一类的形而上;而那些与当下生活有关联者的一个最大毛病就是苍白空洞,用百姓的话说就是"不像""假"。那些个小情调、小情感、泡泡吧、蹦蹦迪,没名堂地来个看似与当下社会生活联系紧密,却终究只是一个"小时代"。而那些叙事性一般甚至比较差的读物,在"写什么"时则大多聚焦于当下正在发生急剧变革的中国社会,诸如官场、职场、名利场,诸如金融证券、拍卖典当、地产风投之类的新行当…… 不管他们的故事讲得好不好,但至少一接地气,二比较"像",和当下人们身边正在发生的急剧变革的生活关联度高,用现在批评的时髦话说,就是提供了当下的生活经验。经过这样一番两相比较,一个市场差、一个市场好的缘由就逐渐浮出了水面。所谓人生经验,除去直接在生活中磨砺而获取,还有不少恰是从自觉不自觉的各种形式的阅读当中得到的,包括他的为人处世、他的爱情、他的生活,甚至他的政治立场,大量都是从阅读中潜移默化地汲取,一句话,人生中的很多东西都是在阅读中形成的。从这个意义上讲,如果你的作品为读者提供不了任何当下鲜活的经验,人家凭什么来读你?的确,大多数普通读者对艺术和叙事不会有太高的要求,他就要一个好的故事,他就爱看跟他的生活有关的人和事。结果你一扯就扯到"爷爷"那去,一扯就扯到他不可能去的酒吧,他凭什么看你吗?还可以将这种现象再放大一点说,如果我们现在的作品记录的全是过去式的和"小时代"的,就是没有当下的、大时代的,那么,隔三五十年回过头再来看这个时段的作品,要想从中了解这个时代就真没戏了。我们可以从巴尔扎克笔下了解 19 世纪的法兰西,从托尔斯泰作品中品读那时的俄罗斯,如果后来者想通过当下作品了解 21 世纪初的中国是个什么样子,又能看到什么呢?难道都是很悠闲地喝咖啡,很疯狂地蹦迪?生活的艰难没了,社会和观念的变革没了,全球金融海啸没了……这样一个时代不说虚幻失真,至少也太"小"了吧?

面对这些现象,意气之争和门户之夺都需要摒弃,我们更应该从学理的层面来分析来研究。我们是否过于把"怎么写"强调到了一个过于极端的地步,而过于忽略了"写什么"?这样的后果本质上与我们20世纪五六十年代过于强调"写什么"其实是一样的。80年代的文学批评,面对莫言的《透明的红萝卜》《红高粱》这类典型的"怎么写"的标本,为之欢呼,为之雀跃,本身都没什么错。问题是过于忽略"写什么",甚至是以"怎么写"来贬损"写什么",刻意强调与现实保持距离,这样一种矫枉过正发展到今天就形成了现在这种局面,而这种局面带来的最大危害其实还不是一个市场大小的问题,更恐怖的恰是它会在文学上留下一个虚幻的时代,一个空白的时代。

最后,20世纪80年代的文学批评对庸俗社会学的反拨和抛弃,从审美、从技术、从艺术的角度去研究文学、评价文学、分析作品,这都没错,但多少又忽略了真正从社会学意义上对文学的研究,前面刚刚说过的阅读分众化问题就属于文学社会学研究的范围。由于我们长期以来对庸俗社会学的那样一种恐惧、一种厌恶、一种憎恨,本来应该正常进行的、同样很有学术价值的文学社会学的研究却很少进行了。现在你要讲讲这个作品的社会性,讲讲这个作品的社会意义、社会需求,就会觉得这个人特土、特傻。其实,真正的社会学研究是很艰苦的,它要做大量的调查、大量的采样,然后再统计再分析。这样一种非常基础的、非常需要扎扎实实做的研究少了甚至不做了,很多问题也就提不出来发现不了。

这几年我们经常听到一组对比数据,那就是中国有两个百分之八,一个是我们的国内生产总值每年增长百分之八,一个是我们的全民阅读每年下降百分之八(事实上,两者的升升降降未必都是百分之八,这不过只是一个概数而已)。事实果真如此?其实也不尽然。全民阅读率的下降主要表现在传统纸质媒介上,而数字新媒介的阅读则是海量上升。因此讲全民阅读率,至少应该既讲对传统纸媒的阅读,也要讲对数字新媒介的阅读;既要讲合起来的大数,也要讲各自的小数;既要讲各自的小数,也要讲每个小数中的细分。类似这样一些非常细致的、再深入一步的分析,现在就没有人做了,而这些恰是社会学研究的基础课题。拉回来,也就是说80年代的文学批评在对庸俗社会学进行批判和抛弃的同时,把文学正常发展所必需的真正意义上的文学社会学研究也一道给抛弃掉了。今天回过头看,这样一种缺失同样造成了文学批评的新短板。

在结束今天演讲的时候,我想用"矫枉过正"四个字作为本人对80年代文学批评描述与评价的基本概括语,它的辉煌得益于"矫枉",它所留下的遗憾同样来自"过"。回望80年代文学批评,它有哪些美好,有哪些需要新一轮的矫正和反拨,今天本人的理解肯定不全也未必全对,但回望80年代,的确需要用一种更理性、更冷静、更科学的态度,也就是我所说的平和心态来面对。作为亲历者和见证人,我想自己对80年代文学批评的回顾应该还是准确的,但评价肯定是非常个人化的,而且也可能是片面的。而且我也相信,对80年代文学及文学批评的研究一定会成为文学史研究中十分重要的一章。

(本文系依据作者在北京师范大学文学院为研究生做讲座时的录音整理而成,已经本人审阅。)

从"岁月流金"到"铅华洗尽"

——对新时期以来文学期刊发展与嬗变的观察与思考

如果给传统的文学期刊下一个宽泛点的定义的话,那么它就是一种传播文学信息的定期出版物。当然,传播文学信息的媒介很多,除期刊外,还有报纸、图书、广播、电视以及现在的各种新媒体等。之所以要将文学期刊单独拎出来予以讨论,是因为它在新时期开端时的文学发展中的确扮演了一个十分重要的角色,成为观察与思考这段时间我们文学创作、文艺思潮、文学运动、文学流变乃至整个文化生活嬗变的一扇重要窗口。

新时期以来先后公开发行的文学期刊在 600 种左右,发行总量达数亿册,如此庞大的数字共同汇成了这段时间文学期刊的汪洋大海,而正是这庞大的数字无疑给我们的考察带来了难以穷尽的困难。因此,即使作为这一时期文学期刊发展与嬗变全过程的亲历者与见证人,尽管我力图描摹出其发展与嬗变的基本轮廓,但这种描摹无疑是个人化的,而随之展开的评述则更是个人的一孔之见。

在我看来,新时期以来我们的文学期刊尽管品种繁多,规模不等,内容各异,但如果将其置于这一时期中国社会发展的大背景下予以考察,还是能够发现其一些共同的发展轨迹,比如大致都经历了从"计划期刊"到"市场期刊"的身份转型和从"风光无限"到"边缘寂寞"的心理落差和尴尬处境。本文也将循着这样的轨迹展开描摹与评说。

一、1978 至 1989 年:中国文学期刊的流金岁月

1976 年,伴随着"四人帮"的粉碎和十年"文化大革命"的结束,特别是 1978 年党的十一届三中全会的召开,解放思想、拨乱反正成为这一时期我们社会生活的主旋律,长期以来桎梏着知识分子的文化专制主义的精神枷锁正在逐步被砸碎,文学创作也开始迎来自己百花齐放的春天,而装点这个春天的一个重要标志便是众多文学期刊如雨后春笋般涌现,不仅种类多,而且发行量大。据《文艺报》统计:1957年,全国有文学艺术刊物 83 种,每月发行 340 万册(《文艺

报》1957年第7期);而到了20世纪80年代中期,文学期刊的种类则飞涨到近600种,翻了七倍多,发行总数近25亿册,翻了70余倍(《文艺报》1986年5月6日),如《人民文学》月发行量曾达到150万份,《收获》120万份,《当代》80万份,就连青海省的《青海湖》、云南省的《个旧文艺》这些边远省市地区的文学期刊都可以发行到30万份左右。80年代的文学期刊,无论是种类之多,还是发行量之大,都高居中国期刊业之首。据统计,当时文艺期刊品种数约占全国期刊总数的八分之一,而印数则占全国期刊总印数的五分之一,足见读者之众、影响力之大。以文学批评期刊为例,按理说,因其专业性所限,其数量理应不会多,但即便是不多也有几十种,差不多大多数省份都有一两种专业的文学批评期刊,由此足见一斑。

这一时期的文学期刊从外在形态上看大致呈现出如下特点。第一,刊期上月刊与双月刊双峰并峙,前者谓之文学月刊,后者谓之大型文学双月刊。顾名思义,既是大型,也就标志着篇幅大于月刊,因而容量也随之大于月刊。这种大型文学双月刊批量的出现可以说是这一时期文学期刊中一道崭新的风景,是以往文学期刊中所不多见的。第二,主办单位性质相对集中,即各级文联和作家协会、部分中央部委及行业协会、部分文艺类专业出版社。如《人民文学》《诗刊》《中国作家》等隶属中国作家协会,《收获》《上海文学》等隶属上海市作家协会,《钟山》隶属江苏省作家协会;各文艺专业出版社主办的,如《当代》隶属人民文学出版社,《小说界》隶属上海文艺出版社,《小说月报》隶属天津百花文艺出版社;部分中央部委及行业协会主办者,如《啄木鸟》之于公安部……第三,分布区域广泛,形成了一个密集的文学期刊网络,从中央到省、市、地区乃至县一级都有自己的文学期刊,如在相当一段时间内保有相当发行量的《佛山文艺》就出自广东佛山这样一个县级市之手。第四,内容囊括文学领域的方方面面:既有统括小说、散文、诗歌、纪实、批评和译作等不同门类的综合性文学期刊,也有上述文体分门别类的专业性文学期刊;既有刊发原创性作品的,也有选登、摘发类的选刊。

文学期刊外在形态的这些基本特点归结起来其实也可以用一句话来概括,那就是品种众多,个性不足,形态各异,结构雷同。这无疑为其在下一时期走向边缘和寂寞埋下了伏笔,这当然是后话,暂且按下不表。然而,无论这些文学期刊的外在形态如何缺乏个性,结构如何雷同,但由于它们共同置身于80年代的中国这样一个特定的时空中,因而,它们对80年代的中国文学乃至整个国家的文化生活都发挥了不可或缺、不容小觑的巨大作用。我们甚至可以这样说,考察80年代的中国文学发展乃至文化生活的面貌,如果离开了对这一时期文学期刊的考察,无论如何都是一种巨大的缺失和明显的片面。具体来说,文学期刊在这一时期的核心竞争力主要体现在如下几个方面:

第一,80年代的文学期刊将文学提升到了推动时代发展的新高度,创造了一种时代特色极为鲜明甚至是开时代之先的文学,中国文学发展新的历史时期由此而开辟。众所周知,伴随着1978年12月党的十一届三中全会的召开,解放思想、拨乱反正、实事求是成为那一时期国人生活的主旋律,但思想的解放、乱的拨正和对"实事求是"的追求终究都需要一个渐进和漫长的过程,而在这个过程中,文学期刊常常通过自己的行为——无论是刊发作品还是组织活动——扮演了急先锋的角色。比如《伤痕》《班主任》《公开的情书》《被爱情遗忘的角落》《大墙上的红玉兰》《陈奂生上城》《古船》等一大批脍炙人口、足以在一段时间洛阳纸贵的文学作品都是首先通过文学期刊与读者见面,其影响力与社会反响都远远超出了文学自身。当时一些在社会上还属十分敏感的社会政治问题,也都是由文学期刊上刊出的这些文学作品提出了第一声质疑,发出了第一声呐喊,诸如"血统论""教育问题""知识青年问题""反右扩大化问题""知识分子问题"等等。我们固然不能说文学期刊刊出的相关文学作品对解决这些问题起到了决定性的作用,但它们以其敏锐的政治触角、生动的艺术形象,在突破思想禁区、启蒙民众心智等方面所发挥的独特作用则是毋庸置疑的。再比如,自20世纪50年代末"反右扩大化"开始到十年"文化大革命"浩劫,对知识分子身心的迫害发展到无以复加的程度,一大批作家、艺术家蒙受不白之冤,在他们在政治上被平反昭雪之前,是这一时期的文学期刊悄然地将他们的名字连同其新作重新公开与读者见面,用自己力所能及的行为率先为他们洗刷了历史的冤屈,这样一种事实上的"平反"其影响力丝毫不亚于一纸红头文件。凡此种种,无怪乎后来有学者评说:80年代的文学轰动是成功地引爆了政治、社会的兴奋点,即使是在文学最有轰动效应的时候,公众关注的也并非文学,而是裹在文学外衣里的那些非文学的东西。这种评说是否周全姑且不论,但至少从一个侧面反映出那个时期文学期刊的种种作为所产生的社会反响。后人常以"春天"来描述1978年以后的中国,那么说如雨后春笋般涌现的文学期刊是这个春天里一朵朵艳丽的报春花则一点也不为过。

第二,这一时期的文学期刊不时引领推动着这一时期的文学思潮,而文学思潮此起彼伏的涌动在一定程度上又推动着社会的进步和思想的解放。从"伤痕文学"到"为文艺正名"到"朦胧诗"到"反思文学"到"文学寻根"到"文艺学方法论"到"二十世纪中国文学"到"重写文学史"……这一时期由一场场文艺争鸣构成的文艺思潮大都是由文学期刊所引发并展开的,一连串文艺思潮的此起彼伏不仅推动了文学本体回归和走向多样化,而且其影响所及远非一个文学界所能涵盖。

第三,这一时期的文学期刊催生和促进了一些文体的发展,中篇小说在这一时期的异军突起就得益于一批大型文学期刊的催生。比之于一般的文学月刊,这些大型文学双月刊篇幅长,容量大,适于刊发中篇小说,从而促成了中篇小说的兴起。在当时号称大型文学双月刊"四大名旦"

的《当代》《收获》《十月》和《花城》（另有一说为《钟山》或《中国作家》）上，每期都有相当分量的中篇小说见之于版面，而一些在当时影响甚大、成就卓著的中篇小说诸如《人生》《天云山传奇》《绿化树》《布礼》等也都是先刊于大型文学双月刊上。作为一种特定的文体，中篇小说以既能针对现实做出敏捷反应，又能对一些问题做较为深入的开掘见长，它所承载的内容，短篇小说容纳不了，但又未必需要长篇小说那样厚重的积累。很难想象，如果没有一批大型文学双月刊的催生和促进，中篇小说能够在这一时期得以如此迅猛地发展，如同在1949至1966年的十七年间，为人所称道的不是长篇小说就是短篇小说而鲜有中篇小说。与中篇小说这一文体命运相似的还有中长篇纪实文学，这在80年代中期以后的表现尤为突出。

第四，这一时期的文学期刊对于作家身份与地位的确立至关重要。如果说前面所说的一些文学期刊悄然地用自己的作为先于政治上为一些作家洗刷不白之冤的现象尚不具普遍性的话，那么，从创作与传播层面看，80年代的作家和文学期刊之间那种水乳交融的关系则无疑具有广泛的共性。一方面，80年代的作家不像现在的一些作家那样或直接出书,或依赖于网络,他们开始文学创作的时候,总是要先在文学期刊上发表作品,然后再把散见于各种文学期刊上的作品集结成书,从这个意义上说,作家对文学期刊有一种依赖关系;另一方面,文学期刊同样需要高度重视各个年龄段的作家尤其是青年作家,使期刊成为作家的集散地和培养作家的园地。几乎可以这样说,如果以简单的作家代际群划分,出生于80年代以前的几代作家中绝大部分是通过文学期刊开始自己的创作生涯并由此走向文坛的。

第五,这一时期的文学期刊对80年代中国文学生态的初步形成也发挥了自身的作用。在文化专制和文化集权的统领下,文学所呈现的形态只能是千篇一律,谈文学生态既不现实也不可能,而当思想的牢笼一旦被冲破,文学的生态问题自然就被提到了台面。立足于今天的视角,从大的层面我们大致可以将文学的生态描述成主流、新潮与消费三种状态,而这样一种"三分天下"的格局在80年代的文学期刊那里就已初露端倪。那个时期为数众多的文学期刊在某种统一化的模式里拥挤了一阵子后便开始追求不同的个性,它们的不同选择悄然滋生出文学的分流,比如《人民文学》《当代》《十月》等选择了"主流文学",《收获》《花城》

《钟山》等偏向于"新潮""先锋""实验",《今古传奇》等则选择了消费,而这种分流恰恰是文学生态发生变化的一个重要标志。

不难看出,从1978到1989年的这一时期,文学期刊在当时的文学生活乃至社会生活中的地位举足轻重,我们甚至可以这样说:这一时期的文学不仅是期刊中的文学,而且是期刊化了的文学,众多的文学期刊孕育出了这一时期的文学,称其为中国文学期刊的流金岁月一点也不过分。

二、1990年至今:洗尽铅华,回归本位

当时光步入20世纪90年代,文学期刊在中国风光无限的流金岁月渐次逝去。其实,这样一种转变还可以追溯到80年代末,只不过人们在蜜月中沉溺的时间太长了而不愿正视现实而已。当文学期刊的铅华真的褪尽时,那些期刊人一方面无限缅怀逝去的那段美好时光,另一方面也不得不陷入惶然失措之中。

如果说80年代初中国社会生活中的关键词是"解放思想、拨乱反正"的话,那么,到了90年代初,这个关键词则为"市场"和"转型"所替代。而正是这四个看起来不怎么起

眼的汉字将曾经处于文学核心位置的文学期刊冲击得七零八落,直到其沦为边缘与寂寞的境地。

伴随着90年代以来中国市场经济的整体推进,新中国成立以来形成的数十年一以贯之的文学体制也受到了强烈的冲击,文化市场的初步形成,文化传播方式的不断丰富,使得文学期刊的生存环境出现重大转变。随着政府行政拨款的逐步减少和文学期刊发行量的锐减,大多文学期刊的生存困境日渐凸显,于是关门的关门,"更张"的"更张"。为了化解市场危机而解决生存问题,众多文学期刊纷纷以市场为中心,树起了"转型"和"改版"的大旗,上演了一出出"你方唱罢我登场,各领风骚三五年"的热闹。

面对"市场"与"转型",众多文学期刊的表现明显是无所适从,因而所采取的措施自然地烙上了应急性和功利性的印迹。在这个过程中,那种明显带有商业性的炒作或是直接与商业联姻的所谓"转型"自不用多说,而更多的是那些以所谓文学策划为名所进行的"转型",其应急性与功利性则要隐蔽得多,以至于一些"策划""命名""炒作"的科学性早已被置于九霄云外。归结起来,看似热热闹闹的"策划"与"命名"之手段其实也很单调,无非是:其一,在一些核心概念前加上"新"或"后"一类大而无当的定语,于是就有了"新写实""新体验""新状态""后现代""后殖民"之类似是而非的"策划"与"命名";其二,简单的代际与群落划分,诸如"70后""80后""美女作家"等;其三,诸如"身体写作""行走文学"一类意义含混暧昧的"命名"与"策划"。看上去,这一个个"精心策划"出来的办刊手段热闹非凡,对某种文学现象也不无概括之意,但更多的还是为了"市场"的应急方案,与文学和市场的内在需求并无多少关系,这样的"思潮"与80年代文学期刊对文学思潮的引领根本不可同日而语。

撇开这些浮躁的应急"转型"办法不论,重新定位是这一时期文学期刊为了适应市场而"转型"的常用办法之一,而这种定位的调整使得原来总体上个性缺失、结构单一的文学期刊多少现出了一些差异性。归纳起来,90年代以后文学期刊的定位调整大致有五条路径。一是由"纯"向"杂"转变,即在保留一定文学版块的同时,走泛文学乃至文化路线,试图使期刊具有针对性地直面鲜活的现实社会,走出单一的文学小圈子;二是打破区域界限,特别是地方性的文学期刊突破区域办刊思路,以开放的视野与国家整体的文学态势接轨;三是走个性特色鲜明的"专"与"特"之路,对目标读者进行细分,从大众传播转化成针对某一特定人群的传播;四是变一刊为"一刊多版",试图拓展刊物的生存空间,在保留文学版的同时,开辟若干新的试验园区;五是干脆弃文学而另觅文化、娱乐、综合、新闻等其他门类。当然,对以上五条路径的描述也只是相对而言,事实上一些文学期刊对自身定位的调整不少也是在灵活地采用组合的办法而非简单地一条道走到黑。其间成功的经验和不成功的教训都有必要予以认真总结。论及成功的经验,如下四条是值得记载的。一是打破重复办刊、千刊一面的惯例,追求特色的鲜明,追求"人无我有、人有我优"的个性目标。80年代的文学期刊,几乎无一例外都是由小说、散文、诗歌、纪实和批评五大版块组成,虽也有变化者,但无非是篇幅的多寡与重心的不同,而重新调整定位后的一些成功的文学期刊则显然不同于这五大版块结构法,一些特色栏目令人耳目一新,也由此吸引了读者眼球,如《天涯》的《民间语文》、《作家》的《作家地理》、《佛山文艺》的《城市新移民》等。二是从盲目的大众传播走向相对准确的特定人群传播,根据读者的年龄、性别、职业、文化程度、所属地区等差异，对目标读者重新定位并针对这些特定目标读者的接受心理和审美趣味进行有的放矢的定向传播，比如《萌芽》将目光聚焦于中学生群体，启动"新概念作文大赛"，以此吸引了庞大的中学生群体对该刊及系列出版物的关注与追捧。三是充分做好风险评估和长期规划，稳中求变，不轻易放弃刊物原有的影响力及连续性。如同样隶属于天津百花文艺出版社的《小说家》变身为《小说月报·原创版》就是成功的一例，它不是轻易地放弃，而是充分利用了《小说月报》已经形成的品牌效应将两刊予以重组，一个"原创"一个"转发"倒也颇成系列与规模，改了一个刊名救活了一家期刊，这是稳中求变成功的典范。四是以办刊的核心价值为统摄，追求风格的多样化与互补性。如果一家文学期刊形象模糊，而且摇摆不定，就无法拥有稳固的读者群体；反之，核心价值基本统一，具体内容差异互补，就能形成良性互动，比如《佛山文艺》与其子刊《打工族》就是在同一核心价值的前提下尽量考虑同一类型读者内在细微的差异，互相借力，互相提携，因而产生了共赢的结果。

反过来，对另外一些定位调整不成功的文学期刊来说，大抵也是在如下四个方面步入了误区。首先，误以为"雅俗共赏"包打天下,结果却往往是陷入雅俗不赏的尴尬。文学期刊的调整定位一定要有所放弃或拒绝,想什么都要的结果则常常是什么都抓不住。其次,盲目跟风,从一种个性缺失结构单一走向另一种个性缺失结构单一。当《萌芽》将目标读者定位于中学生群体并获得成功后,一时就有许多刊物纷纷办起了自己的"中学生版""校园版";当《散文》推出萃取刊发于海内外报刊散文精华的"海外版"时,又催生了一批"选刊"的出笼。如此毫无个性创意的跟风期刊,其结果也就注定了它们的短命。再次,轻易放弃刊物长期的优势与特色,盲目地一味迎合所谓消费者口味,在文学与市场间摇摆徘徊,导致两边都不讨好,相反,《收获》《当代》等品牌期刊的谨慎态度倒是稳住了基本的市场份额,这也从一个侧面证明了,只有稳定的核心价值才能抵御以善变为旨归的所谓时尚的冲击。最后,变脸过于频繁无异于饮鸩止渴,一些文学期刊在"转型"过程中频繁玩起了"变脸"的花活儿,看似随机应变,而这种随意实则暴露了办刊人缺乏深入的市场调查和可行性论证,简单地视改版为包治百病的良药,以至于读者连这本期刊的基本面貌都遗忘得一干二净,这又怎么可能获得生机呢?

综观20世纪90年代以来文学期刊的种种嬗变,以市场为中心进行"转型"确是这一时期文学期刊的主旋律,"转型"的结果无论成功还是失败,有一个基本事实我们却不能不承认,即这一时期文学期刊单品的发行总册数大大下降,文学期刊在80年代那种单期多则上百万、少则几十万的"盛世"几近绝迹,最多的单期不过三四十万,能维持在月发行5万份左右当属幸事,而绝大部分文学期刊的单期发行数已下滑至万份以下,有的甚至只剩千余册。伴随着发行量的下滑,其社会影响力必然日渐式微。无怪乎一些文学期刊的从业者在谈到自己的生存状态时不无悲凉地慨叹,我们被边缘化了。尽管笔者更愿意用"常态化"来描述90年代以来中国文学期刊的生存现状与嬗变,但比之于80年代文学期刊在中国的那段流金岁月,"边缘化"三字的描述倒也大致不谬,且生动形象。

三、从"岁月流金"到"铅华洗尽"的思考

自20世纪80年代以来中国的文学期刊的生存境遇及社会影响力所遭遇的巨大反差难免会导致论者对其评价的莫衷一是:持"今不如昔"论者有之,他们无限眷念逝去的

美好时光,痛恨市场这只"看不见的手"将曾经红红火火的文学期刊给撕扯得七零八落,认为文学期刊与市场化之间与生俱来地相互排斥,市场化就意味着文学期刊的最终消亡;持"扼腕相庆"论者有之,他们更尊重市场的现实,认为80年代文学期刊在这片土地上的风光不过是一种"虚热",昙花一现正常不过。

其实,如此巨大的反差都还只是局限在文学期刊传统的出版业态范围之内所做出的评价,倘放眼于21世纪以后愈来愈呈燎原之势的数字化大潮,情形或许会变得更加复杂。对此,笔者更愿意本着尊重事实、尊重历史、尊重未来的基本态度对尚未终结的文学期刊命运之变化做出以下基本判断。

首先,无论如何都不能低估80年代文学期刊对中国的文学发展、文化发展乃至社会发展的巨大贡献,不仅不应低估,而且还应给予充分的正面评价。现在时有论者以"文学性不高"为由来低估80年代文学期刊的贡献,在他们看来,文学期刊在80年代的风光不过是种种"非文学"因素所导致。我承认这种说法具有部分的事实依据,但更以为此说法完全脱离了当时的社会现实,对文学的理解也过于狭隘。没错,从纯艺术的眼光看,80年代文学期刊上刊出的一些文学作品在艺术上确有粗糙生涩之处,其叙事远不及今天的作品来得圆润与娴熟,但这些作品从思想观念到文学观念对当时中国社会文化生活的巨大冲击以及所起到的先锋开路作用,无论如何都是一种客观存在。

其次,如果跳出单一的文学圈,90年代以来文学期刊出现的嬗变其实也从一个侧面折射出中国社会与思想的巨大进步,从这个意义上说,文学期刊所遭遇的"冷"恰是它本应有的一种常态。我始终认为,观察事态变化的本质固然可以有多种视角,但其生存环境在多种视角中无论如何都是不可舍弃的。正因为如此,文学期刊从80年代的"热"到90年代的"冷",如此"世态炎凉"莫不有其深刻的社会根源,而通过"热"与"冷"的两相比较则不难理解何谓常态、何谓社会的进步了。比如,80年代的文学期刊不时引起轰动效应的一个重要原因,恰恰在于它率先提出并揭示了不少尖锐的社会问题,现在回过头来看,这些问题本来完全可以不由文学期刊和文学作品来揭示,但由于当时社会种种条件的不具备、不允许,文学期刊自觉不自觉地承受了那种"生命之重"。而伴随着社会的持续开放、思想的不断解放，传播方式多了，传播渠道宽了，言路畅通了，文学期刊和文学作品难以引起轰动不就正常不过了吗？这到底是社会的进步还是退步？对文学期刊而言到底是边缘还是常态？我想，只要不是囿于文学一己的小圈子而难以自拔，是不难得出正确答案的。

最后我想说的一点，对曾经的文学期刊人而言或许更无奈、更残酷。面对21世纪以降方兴未艾的、不可逆转的经济全球化、政治多极化、生存数字化和阅读分众化的大潮，无论是传统的纸介形态还是新兴的数字形态，在一定时间内，文学期刊的个性化与小众化趋势同样不可逆转，至于伴随着传播工具、传播手段的不断创新，期刊这种样式本身究竟会发生什么变化乃至是否还会存在，或许都会成为一个十分现实的问题。如果说，自20世纪90年代之后文学期刊开始出现的"式微"还只是单一纸媒市场需求的变化，其走向当时还未必看得十分清晰的话，那么，现在的这种判断无疑就要明晰得多，这同样是不以个人喜好与否的意志为转移的。进行这样的描述看起来很残酷，但究其实只要想清楚一点也就释然了，那就是文学期刊本身的结局如何并不重要，重要的是文学不死、阅读永存。对文学人读书人而言,这就够了。

(本文系依据作者2009年4月在香港浸会大学文学院的演讲整理而成,已经本人审阅。)

纵横不出方圆

——改革开放四十周年文学演变启示录

我相信,每一位伴随着改革开放成长起来的文学人一定不需要查询任何资料就可以如数家珍地历数过去四十年来文学发展的风雨历程,在那段峥嵘岁月里,着眼于创作的维度,从肇始于20世纪70年代末至80年代初的"伤痕文学"起步,一路踏着"反思文学""改革文学""寻根文学""先锋文学"……的足迹走完了改革开放的前十年;而着眼于接受的视角,从动辄因一部作品而引发一时的洛阳纸贵到文学逐渐失去轰动效应。其间虽间或也有种种小插曲,但这样一条主线无论如何都是十分清晰地、抹之不去地记录在那个年代的文学天幕上。进入90年代后,文学发展的步履当然不会停止,客观上也先后出现过诸如"新写实""新状态""新历史""女性写作""80后""青春文学"等种种令人眼花缭乱的描述与概括，但与 80 年代那种一呼百应的景观相比，这一切的确就是"圈中人"的自娱自乐了。再往后，市场这只"看不见的手"愈来愈坚决地伸向了文学，于是一面是所谓纯文学这只"不死鸟"依然倔强地翱翔在天空，另一面则是令人难以尽数的所谓"俗文学"和"网络文学"异军突起。

以上对改革开放四十年来文学发展轨迹的勾勒自然过于粗疏，而且也只是着眼于小说这一种文学体裁，涵盖性似乎有局限。今天也确有研究那段文学发展历史的学者认为这样一种概括与描述过于外在，未能深入文学创作的内部规律。不错，这样一种描述虽然更多的是对文学在那时的外观特征进行概括而来，但从其背后的某种思想动因而言，一方面的确就是那个年代文学总体状况的一种客观呈现，另一方面，改革开放四十年来文学会留下这样一条发展演变的轨迹也绝非偶然或是出自某种人为的操控。事实上，在时代大变革的波澜趋于平缓之后，我们再来回望中外文学发展的历史就不难发现，种种发展演变固然有偶然性因素的推动与促进，但更多的时候依然是文学发展自身的规律在发挥着强大的、不可逆转的作用。这倒是应验了中国的那句老话:"纵横不出方圆,万变不离其宗。"

具体到改革开放四十年来的文学发展,这个"方圆"的那个"宗"究竟又是什么呢?在我看来,其间最重要的"圆点"和"本宗"无非有二。

一是时代之使然。的确有言论总是要千方百计地淡化文学与时代的关系,甚至将时代因素妖魔化为影响文学发展的障碍。但中外文学发展的历史告诉我们,无论文学最终的呈现方式如何,在它的背后总是会或多或少、或直接或间接地折射出时代的踪迹。贴近时代也好,远离时代也罢,这些都不能简单地成为作品优劣的根源。的确,时代对文学的影响并不直接决定文学的优劣,但它对文学走向的影响却无疑是巨大的。我们改革开放前十年的文学之所以会出现从"伤痕文学"到"反思文学""改革文学""寻根文学""先锋文学"这样的"快闪",其背后莫不有时代的因素在悄然发挥着作用。试想一下,如果没有那场令多少国人刻骨铭心的十年浩劫,如果没有十年浩劫前十七年那接踵而至的各种名目的运动,前述的那些个"快闪"还有出现的可能吗?从十年浩劫到中国进入改革开放新时期,这是时代的巨变,没有这种巨变,就没有20世纪80年代文学的频频

"快闪";同样的道理,20世纪90年代以后,同为"新时期"的那个时代依然在发生着变化,有时甚至是十分深刻的变化,但这样的变化基本都是在一种平缓的节奏下悄然发生,而不是前面的那种"拨乱反正"式的巨变,由此而来的文学"快闪"随之平缓乃至消失也就不足为奇了。

二是艺术规律之使然。从"伤痕文学"到"反思文学""改革文学""寻根文学""先锋文学"这样的"快闪"中,其实还有一个现象值得注意。那就是前三次的"快闪"主要还是写作题材的转移和变化,后两次则重在向文化支撑和写作方式转化;而再往后的文学很难再用一句话来概括,其原因固然有"文学失去轰动效应"的外因,更重要的则还在于伴随着改革开放的愈加深入,文学的多样化态势也愈加明显,以至很难用一句话来概括和表现某一时期的文学主潮。而这种变化背后最大的推手当数艺术规律本身。文学是艺术,文学对时代、对现实的反映与表现之所以不同于新闻和研究报告,最重要的一点也在于它是艺术以及由此带来的独特感染力。毋庸讳言的是,在改革开放四十年之初出现的一些文学作品,其社会影响力固然巨大,但艺术感染力确有欠缺之处,而这一点在当时之所以为社会为大众所忽略，主要还是因为当时代的巨变刚开始时，人们的聚焦更在于"拨乱反正"和"正本清源"。当"拨乱反正"和"正本清源"的任务不再成为社会关注的主题时，"诸神归位"也就是正常不过的事情了。于是文学也开始从注重表达什么转向表达什么和如何表达并重，看起来是艺术性的权重开始得以提升，背后的本质则无疑是艺术规律的作用之使然。

上述"圆点"与"本宗"的综合作用画出了改革开放四十年文学清晰而亮丽的发展轨迹，而这样一条发展轨迹之于当下依然有着十分重要的启迪。今天我们中国特色社会主义建设进入了新时代，文学艺术创作有"高原"无"高峰"的现象依然存在。习近平总书记这两个十分重要的判断也是摆在广大文艺工作者面前的两道大课题：文学如何在这样一个直接关乎中华民族伟大复兴的新时代中发挥自己独特的作用？文学如何经过自己的艰苦努力实现从"高原"向"高峰"的攀登？牢记时代使命、遵循艺术规律这样的初心依然是须臾不可忘却的。

岁末长篇小说阅读小札

今年 9 月下旬完成了本人在《文汇报》上所开的《第三只眼看文学》专栏最后一篇也是第一百篇小文的写作后，我大都处于一种散淡状态。当然日子还在继续，时光也要度过，而度日的主要方式之一就是阅读。只是这种阅读大部分是一种自由的、闲散的、不带任务的、随心所欲的阅读，于是这书也读得随性。有从头读起的，有跳着翻看的。就这样晃晃荡荡地到了年关，整理书桌周边之际，发现还是本性难改，这段时间自己的阅读能善始善终者依然是长篇小说稍多。它们有的是踏着年关的脚步姗姗而至，有的则是版权页标识为 2023 年 1 月第 1 版的"早产儿"。能够被相关出版单位选择在这个节点推出的作品大概率当是个性十足的。没有能力对此做个综述，也无力一一做出专门评说，只能将自己的这段阅读做个简单的小札,记录下自己一点最直观的粗浅感受。

《家山》(王跃文著)

如果将这部近54万字的长篇小说作者名隐去让我"盲读",我会想到这应该出自一位湘籍作家笔下,毕竟在他们中间似乎存有回溯故乡风情且写得十分传神的传统,诸如沈从文、黄永玉之于湘西,周立波之于益阳清溪村……但大概率不会猜到王跃文。毕竟我印象中,在他三十余年创作生涯的10来部长篇小说中还从未有过如此路数的作品。

说到王跃文,人们或许本能地会将他和写"机关"联系在一起,无论是下到县处级还是上至"朝廷",终究都是"机关"。这类题材的长篇,跃文不仅数量不少,而且写得传神出彩,在读者那烙下深深的印迹也十分正常。不过中国文人似又素有老来思乡乃至回乡之习惯,于是在步入花甲之年跃文完成这样一部回望家乡题材的长篇也不奇怪,只是其文风大变,不仅令我惊艳,且为之叫绝。

《家山》表面上聚焦的虽只是湘地沙湾这一村之隅,但由此荡开去的是自20世纪初大革命时期至新中国成立前夕近三十年的那段历史风云，倘再连同"尾声"的余响，便是一段鲜活的近八十年乡村变迁的历史风云。在浓郁地域风情的笼罩下，漫长而悠远的中国乡村形态、宗族文化、经济关系、伦理秩序、风物人情和生活方式之嬗变……这样一幅长卷的徐徐展开，既浓墨重彩又舒缓自如。对王跃文而言，这是他的一次望乡寻根之旅，留下了一幅田园风情长卷，谱写出一曲乡绅社会挽歌。

几乎完全不同于王跃文过往笔下那种情节的冲突、人物的讽喻以及世相的众生，《家山》更是一部文字之美、节奏之徐、韵味之深的绵长之作。纯朴的乡音、优雅的文字、静谧的画面、舒缓的节奏，在浓浓的眷念与淡淡的忧思中，深藏着作家情感的倾诉与理性的思考。

读这样的作品需要耐心，更需要静心。回想起来，我们的小说写作在经历了自 20 世纪 80 年代中期开始的"十八般武艺"演示与尝试之后，对大部分读者而言，或许还是更愿意或者更习惯阅读那样一些节奏快一点、情节满一点、冲突强一点、主旨明一点的作品。包括本人开始读《家山》时也不无急躁与抱怨：王跃文，难道你要考验读者的耐心吗？所幸正是这样一种追问与较劲儿逼着自己往下看，看着看着竟然就静了下来走了进去,伴随着跃文笔下那优美舒缓的文字,脑子里呈现出的那一幅幅乡村的田园风光、一位位人物的音容笑貌开始越来越有滋味,越来越立体,越来越爱不释手。掩卷想来,这又何尝不是由作家的文字之美与语言之美所产生之强烈的审美效果?我们固然要那种激烈冲突之美,同样也需要这种舒缓静谧之美。而正是在这样一种舒缓的节奏和徐徐的叙述之中,却上演了一出革命性的中国乡村社会变革与历史风云变迁,那种史诗的品格呼之欲出。

《凉州十八拍》(叶舟著)

这是叶舟继三年前面世的《敦煌本纪》之后,创作的又一部以古凉州为原点,聚焦河西走廊文化历史与人物命运的具有史诗性的长篇,皇皇三卷本的篇幅直逼五年前面世的梁晓声的长卷《人世间》。

这是又一部本该踩着岁末的足迹面世的超级长篇,但由于这个时段众所周知的原因,它躺在印刷厂的时间不得不比计划中延长了一点。尽管我有它的全本电子版,但因个人阅读习惯,迄今为止还只是在《芙蓉》第 5 期上浏览到了这部超长篇的三分之一左右。按理本无资格在这里对此说三道四，实在是因为这部超长篇重要，它之不可或缺当然完全不是因为其篇幅之长，而是其内容所指与艺术呈现方式都值得留下一笔，亦算是一种立此存照。

作品之名令人本能地联想到我们的古琴名曲——蔡文姬那曲《胡笳十八拍》。事实上作者也恰是以此作为自己这部超级长篇的叙事结构，以中国古典悲剧《赵氏孤儿》为引子。作品以凉州当地民众在清朝末年为抵御毒草肆虐而发起民间抗灾自保运动为开篇，一场人与自然灾害、守旧制度之间的对抗形成了激烈的冲突，这就少不了错根盘节、扣人心弦之类的要素，为后续故事的展开做足了铺垫，也使得我对此充满了好奇与期待。

据介绍，这部长卷是叶舟长期行走勘探河西大地、悉心开展文化考察的最新成果。在长达百万字的长卷中，作者塑造了众多性格刚烈的人物形象，纵横历史、聚焦命运、寓意深刻、启迪未来，既是河西走廊的心灵史、贸易史与军事史，也是重现发掘西部文化之密码，寻找中华文明之精神原乡的一部重要作品，令人期待。

《烟霞里》(魏微著)

的确好久没有读到70后代表性的女性作家之一魏微的新作了,尤其是长篇。借助"度娘"查了一下,她的上一部长篇《拐弯的夏天》面世差不多已是近二十年前(2003年)的事了。当然重要的还不是间隔时间之长,而是文风为之大变。初读《烟霞里》,颇有点类似看王跃文《家山》时的那种惊异。这还是魏微的作品吗?这是出自一位女性作家之手的作品吗?

翻开作品"前序",劈面而来的便是"谨以此篇纪念田庄女士"这样的句式,接着又是"她生于1970年,清浦人氏。2011年辞世于广州,卒年四十一岁"这样的补注。再看目录,全书共分四卷,时间起于1970年终于2011年,地点则游走于李庄、江城、清浦与广州四地;进而走入内文,每卷又按"年份+田庄实足年龄"划分,从1970年出生起,到2011年41岁时止。因此,视《烟霞里》为田庄的一部个人编年史未尝不可,当然,这样一部"史"纯属作家魏微纯虚构的产物。

然而,田庄终究又是生活在某种具体的社会环境之中,从1970年到2011年,中国大地乃至国际社会又发生了多少惊天动地的大事要事:"上山下乡"、"批林批孔"、"反击右倾翻案风"、伟人离世、粉碎"四人帮"、恢复高考、三中全会、知青返城、土地联产承包、特区建设、股市奇观、台海风云、东欧剧变、邓小平南方谈话、国企改革、"9·11"恐怖袭击、"三个代表"重要思想、香港回归、下海经商潮、农民工进城、新世纪……这些国内外大事要事接踵而至,也是伴随着作品主人公田庄从出生到去世这一生的若干重大背景。因此,在《烟霞里》中同时又存在着一部与作品主人公田庄生命紧紧相伴相随的国内外大事、要事编年史。这样一部"史"只能是一种客观的真实存在,但又是经由作家魏微为自己的虚构所精心选择的种种"非虚构"。

因此,这样一部与前述《家山》同为54万字的《烟霞里》中就出现了两部编年史并行并存的基本格局,这无疑是魏微这部新长篇最重要的特点及最大看点。作品主人公田庄毕生的编年史当然是百分百的纯虚构,是作品的主体;而另一部编年史则是与田庄生命历程并行的社会客观存在,表现在文本中有的干脆就是当时新闻的"平移"与"实录",有的则是作家依据这些客观新闻进行的浓缩与再现,无论是哪一种,都是纯纯的"非虚构"。如何让"虚构"与"非虚构"两种本质相异的文体和谐地共存于同一空间?这对作家的认识能力、选择能力与掌控能力形成了一种巨大挑战与考验。

在我看来,这样一种"双文体"的并置首先还在于这是作品本身的内在需要。作品的一号主人公无疑就是田庄,作品的主体就是这个虚构主人公的平生传记。她的生活与成长不可能置于一个真空的世界,她的成长总是离不开每一个具体的时代,特别是决定着时代发展变化的重大事件与变革。正是因为这样一种剪不断的客观存在,于是在田庄四十一年的成长历程中,总是能够看到那"非虚构"编年体中的某一环节直接或间接的投射。这样一种将个人成长与大时代的发展变化相勾连的写作本身就是作品主人公形象能够立得起来的坚实保障。

于是,如何将虚构与非虚构两种文体和谐地置于《烟霞里》这同一"屋檐"下,对作家的叙事能力本身就形成了一个巨大的考验。对此,魏微为这本名为《烟霞里》实则《田庄志》的写作专门搭建了一个由陈丽雅、欧阳佳、米丽和万里红等四位田庄生前好友组成的写作组,小说家魏微则为全书统稿润色。于是在这样一部"集体"创作的作品中就出现了"我们"(即写作组)与"我"(由写作组拟田庄)这两个叙事者,而他们背后的总调度自然就是本作品的著作权所有者魏微。这样一种设计就自如地解决了在虚构与非虚构两种文体交替时的匹配度,具体叙事过程中得以依场景、情节或逻辑的需求而自由切换,同时也使得整部作品的叙事层级更加丰满与合理。

主人公田庄四十一年不长的生命史固然琐碎平凡,但置于她生命背后的那段社会发展史则足以惊天地泣鬼神。作品切口之小、格局之大、观察之微,烟霞浩渺,既不枉魏微二十年磨出的这一剑,也为这一年长篇小说的创作留下了浓墨重彩的一笔。

《神圣婚姻》(徐坤著)

与上面三部动辄50万字以上的"超级长篇"相比,徐坤这部不足20万字的新长篇《神圣婚姻》就显得有点"袖珍"了。好在优劣不在长短,小的也不乏美好。

依过往的阅读经验,我其实更喜欢徐坤的中短篇小说,尤其为这位"女侠"闯入文坛时那《先锋》《厨房》《狗日的足球》等篇什叫绝,以至于王蒙老爷子当年便称其"虽为女流,堪称大'砍'"。至于她那《春天的二十二个夜晚》《野草根》和《八月狂想曲》诸长篇特色虽也明显,但总有点不及她那些中短篇过瘾之感。

本人的确就是抱着上述"成见"进入了对《神圣婚姻》的阅读。节奏快、动感强、余味足……掩卷之时脑子里蹦出的这些词,使得我个人以为这堪称徐坤目前最好的长篇,也是在目前"长"者如林中的一朵奇葩。

篇幅不长,新时代种种鲜活炙热的人物与场景却扑面而来:海归、平民众生、帝都"外乡人"、城市高知、挂职干部……神圣爱情、商业婚姻、院所转制、文人迷惘、脱贫攻坚、青春美丽……妥妥的正能量,又不乏直面彷徨、鞭笞丑陋。

生活很丰满,信息很茂盛,就是不展开,点到即止,如同"蒙太奇"。貌似当年女"大'砍'"风范全失,细看则风韵犹存,可见应属刻意为之。然究竟何以如此,恐怕也只有她自己才讲得清楚。在下私自揣测,或许徐坤正是刻意在探寻5G信息迅猛膨胀高速传递时代,长篇小说叙事的丰信息与快节奏吧。其实就长篇小说叙事而言,无论是前述王跃文《家山》那般老爷车式的精雕细琢,还是徐坤的这种"快闪"

速进，莫不各美其美，共同构成美美与共之景观。

《金枝》（全本）（邵丽著）

邵丽这部33万字的《金枝》（全本）虽是在岁末款款而至，但于近两年前的2021年元月，她就出版过一部15万字的《金枝》。现在对比起来看，这个《金枝》（全本）应该是又经过一年多的时间，邵丽在对原《金枝》进行了修订后将其作为全本的上部并新创作了一个下部合并而成。

尽管《金枝》（全本）较原《金枝》新增了近18万字，但整个故事的基本框架在原《金枝》那就已见雏形。作品叙述了在中原故土颍河岸边，发生在一个周氏家族五代人之间的缘起与当下、血缘与隔膜、梦想与现实，历史的纵深与现实的开阔相交织，血缘的勾连与城乡的差异成碰撞，传递出悠悠岁月与现实世界的承接与撕裂，内容饱满、内涵丰厚。但原《金枝》终究只有15万字，且更重要的还在于主要叙事者又只是限于周氏家族二代的长女周语同这单一视角，因而难免偶有单一之憾。

新增补的《金枝》下部一个重要的变化就是，将主要叙事者换成了同为周氏家族二代中名副其实的长女栓妮子

(周语同同父异母之姐)。说的还是老周家的那段历史那些事儿那些人,但由于栓妮子与周语同这对同父异母的姐妹出生地不同、生活环境有别、受教育程度有异,因此,两姐妹的所见所闻所思所判或小有差异或迥然不同。于是,整个《金枝》(全本)立马变得丰满立体起来。作品由单一视角变复调后之成效立竿见影。

从《金枝》到《金枝》(全本)的过程,邵丽给读者的启示是多方面的,其中十分重要的一点就在于通过文本的变化告诉人们什么是有意味的形式。至于这部新作的整体性评说就不是这则小札所能承担的了。

这则《岁末长篇小说阅读小札》可以涉及的作品本还有:乔叶的《宝水》,将新农村建设这样的主题性作品给表现得日常烟火气十足,新农村建设就是在这种活色生香的日子里过出来的;阿乙的《未婚妻》以"未婚"这"了犹未了"的中间状态使作品获得了充分的阐释空间;残雪的《激情世界》继续以特立独行的先锋姿态在文学与现实世界中自由切换,不断地拓宽着人们对自我与世界的认知。只是这则"小札"已然不小,只好点到即止了。

辑二

主题出版中长篇小说创作应有之"三有"

所谓主题出版,指的是一种出版类型,或一项出版工程。为了说清楚这一点,有必要对这个专业术语的出现进行一点简洁的溯源。

时光要回溯到21世纪初的2003年。当时的国家新闻出版总署首次正式提出了"主题出版"的概念,即以某种特定主题作为年度(或一个时期)重点的出版内容。再具体点说,就是要求出版单位全面配合党和国家年度工作的主题主线,包括围绕重大会议、重大活动、重大事件、重大节庆等集中开展的重大出版活动。比如,2020年主题出版的重点选题方向就包括:习近平新时代中国特色社会主义思想的研究阐释;全面建成小康社会,打赢脱贫攻坚战;弘扬科学精神、普及科学知识,健康安全和生态保护教育,公民文明习惯培育;唱响中国经济光明论;培养时代新人,宣传社会主义核心价值观;提早谋划中国共产党成立一百周年庆典;等等。

自2003年国家相关部门首提主题出版至今的十八年时光中,主题出版业已成为出版业一个极为重要的内容板块,其范围从最初集中于政治读物,逐步扩展到关注党、国家和社会阶段性的核心工作,以及为满足国家重大战略需求,涉及政治、经济、社会和文化发展等方方面面。选题数量也开始趋于稳定,年度主题出版选题数量近十年来都在2000个左右,同时更加注重质量的优化与提升。

在这项国家主导的出版工程中,文学自然不会缺席,而担纲主角者当数长篇小说和非虚构写作。比如中宣部公布的2021年度主题出版的145种重点图书选题就包括了《太阳转身》《远去的白马》《千里江山图》等10余种长篇小说,占比近6.9%,这显然不是一个小的数字了。

通过这样回溯,我们不难看出,就进入"主题出版工程"中的具体出版物而言,其"主题"所指更多的是一个取材范围,是题材、内容意义上的概念,而非创作意义上的主题,更完全不同于十年浩劫时期风行的那种完全背离创作规律的所谓"主题先行"论。那个所谓"主题"既不是作家从生活的亲身感受中获得的,也不是在题材的选择和提炼中孕育的,而是围绕着某种抽象的概念或理论给它披上"形象"的外衣,这样的作品势必干瘪苍白,缺乏生命力。事实上,就具体创作而言,同一题材范围内的不同作品完全可能呈现不同的主题。以脱贫攻坚这个大题材为例,具体到不同作品可表现的具体主题则全由作家自己独特的观察与思考所决定,比如党组织有力领导、社会广泛参与、民众艰苦奋斗、地域文化特色等等,而价值判断上可以是讴歌,也可以是扬弃……一言以蔽之:题材宽阔、主题多样。

在概括陈述了一下有关主题出版的前世今生后,回到文学创作上来。如前所述,在整个主题出版工程中,文学自然不会缺席,而担纲主角者当数长篇小说和非虚构写作。不是说其他文体类型没有表现主题出版所主张的内容,而只是从规模、从影响力角度看,长篇小说与非虚构写作的表现更为突出。

仅就本人阅读所限,近年来,长篇小说与非虚构写作有关主题出版内容的作品数量确是越来越多,其中一些作品也产生了强大的社会影响力。但相比较而言,我个人以为,在这个领域,非虚构写作的影响力似乎更大一点,而一些长篇小说的主题虽鲜明,但遗憾也不少,最突出的共性不足就是"实"有余而"虚"不足,"小说化"明显不够。

既为小说,又何来"小说化"不够?用我自己的话说,就是虽名为小说,但又太像非虚构写作了。我承认,确有一种小说的写作会刻意营造一种"非虚构"的效果,但这只是一种"拟非虚构"作品,是虚构出的一种"非虚构",骨子里终究还是小说。而我说的太像非虚构写作的这类长篇小说则不是"拟",而就是真的像,其要害就在虚构不足,极端点的作品除去地名、人名外,几乎不难看出它就是在写某地某人。就长篇小说这种以虚构为本质特征的文体而言,这当然就是一种严重的不足了。非虚构写作与长篇小说这两种文体之所以不同,其本质差异就在于前者追求的是客观真实,而后者则需要借助于虚构、想象、典型化等艺术思维与手段实现一种主观的、本质的真实。如同鲁迅先生当年在谈到自己的创作时所言:"所定的事迹,大抵有一点见过或听到过的缘由,但绝不全用这一事实,只是采取一端加以改造,或生发开去,到足以几乎完全发表我的意思为止。人物的模特儿也一样,没有专用过一个人,往往嘴在浙江,脸在北京,衣服在山西,是一个拼凑起来的角色。"先生"从来不用某一个整个",而是"杂取"了生活原型的"一枝一节"。我们当然不能简单地断言非虚构写作与长篇小说这两种文体孰长孰短,它们本就是艺术本质不同的两种文体,各有其基本艺术特征,并以此产生不尽相同的艺术感染力,如果弃己之长而扬己之短,其艺术感染力自然就会大打折扣。

我承认,不同的主题性内容对文体确有某种选择性。以纪念建党百年这一主题性内容为例,在表现具体的建党历程或党史上某一具体的重大事件时,虚构所能发挥的作用就的确有限,毕竟那些史实已是一些客观的存在,虚构过头就不成其为那段历史。因此,今年在纪念建党百年的文艺作品中,只要是涉及建党历程的那段历史,无论是影视还是文学,作品固然不少,但基本背景、出场人物与相关事件都几乎相同或相似。在这里客观上只能是非虚构施展才华,虚构可施展的空间的确很小。但如果是表现党领导取得革命战争胜利这一宏观历程而非某一具体战役,虚构便有了足够的用武之地。如果在这种场域中,还要拘泥于一时一地、一城一池之争的某场具体战斗,那就无异于作茧自缚。

尽管纳入"主题出版工程"的长篇小说在选材范围上确有某种规定性,但这种规定性总体而言也还是宽泛的。若要在这个宽泛的范围内出精品,充分尊重创作规律并拥有宽阔的创作自由度同样毋庸置疑。对作家而言就是要做到有相应的生活积累且进得去出得来,有自己的独立思考与独特视角和有与之相匹配的艺术表现力。而这三个"有"在我看来就是主题出版中长篇小说创作时应有之"三有"。

先说有相应的生活积累且进得去出得来。范稳新近创作的长篇小说《太阳转身》是 2021 年度中宣部公布的 145 种主题出版重点图书中的一种。过去更倾注于历史叙事,把民族文化与历史作为表现对象的范稳为创作这部作品,"把目光转向了当下、转向了壮族"。面对这样一个极大的挑战,范稳"走访了数十个边境村寨,见证了偏远山乡的巨变,结识了许多脱贫致富的带头人。他们中有的就是当年的支前模范、战斗英雄。在马关县罗家坪村,村委会主任熊光斌是个身经百战的"老支前、老民兵"。现在他"带领全村人致富,村里户户有新房,有通畅的水泥路,有荣誉室,有村民活动室。鲜花盛开在道路两旁,果实缀满了枝头,村舍掩映在树荫下,连炊烟都透着一种宁静安详的诗意。又有谁能想到这里曾经是边关前线"?……这些就是典型的"进得去"。而"能够置身于'脱贫攻坚'这场伟大战役中,是一种荣幸","对于一个作家来说,如何去呈现,就显得尤为重要"。而这"如何去呈现"说白了就是对怎样"出得来"的一种选择。为此,范稳在《太阳转身》中选择了"转身"这个具有象征意味的动作作为整部作品之魂,他从壮族的《祭祀太阳古歌》中那意味深长的"太阳转身"切入,为自己的作品设计了三条"转身"的叙事线:一是迟暮的英雄警察卓世民在自己本可享受晚年安逸的荣休生活时,却被动地"转身"而卷入一桩因贫困而引发的拐卖儿童案,并最终为此献出了自己宝贵的生命;二是南山村老村主任曹前宽从当年那场南线战争中的支前民兵连长,到和平时期"转身"为始终以愚公毅力和精神为自己家乡修建一条通向现代文明之路,带领全村百姓走上致富大道的脱贫攻坚领头人;三是生活在这里的侬建光和韦小香夫妇以及曹前贵、杨翠华、赵四毛等这些曾因贫穷而误入贩卖人口歧途的普通农民"转身"成为依靠自己劳动致富的新农民。正是由于有了这三重"转身"的巧妙设置,整部作品并非简单地停留在脱贫攻坚的表层,其深度、厚度与意味都得以大大强化,从而保证了《太阳转身》作为一部长篇小说立得住、站得稳、行得远。

再说有自己的独立思考与独特视角。所谓主题性创作固然有某种特定的指向,但这个指向说到底不过只是一个宽泛的题材范围圈定。在这个范围内,作家闪转腾挪的空间依然十分宽广。能否闪转自如优雅腾挪,比拼的除去对表现对象的熟悉程度及情感取向之外,更要看创作主体对那种特定指向的思考如何进入以及选择什么样的独特视角进入。为此,我想到了阿来创作于2018年的长篇小说《云中记》,这是一部以2008年"5·12"汶川大地震为题材的作品。我作为那场大灾难近距离的旁观者,既目睹了那场大灾难给人们带来的巨大精神创伤及物质上的毁灭性破坏,也看到阿来在余震依旧十分频繁的第一时间就自驾赶赴灾区参与救助。面对这场突如其来的大灾难,文学界也是在第一时间做出了自己的反应,除捐款捐物义卖等行动外,更是纷纷拿起笔创作出众多以此为题材的作品,从第一时间出现的网络诗歌到其他各种文体的文学作品如雨后春笋般涌现。相比之下,阿来这个四川省作协主席竟始终

"缺席",一直到十年后的"5·12"才为自己的长篇小说《云中记》正式开笔。之所以如此,是因为他有些问题还"没有想得很清楚",再就是担心自己"情绪失控"而导致"没有节制的表达"。为此,他"宁愿写不出来一辈子烂在肚子里,也不会用轻薄的方式处理这个题材","因为这作品如果没有写好,既是对地震中遭受灾难死伤者的不尊重甚至是冒犯,也对不起灾后幸存的人"。这就是一个作家面对人类这场大灾难所应取的独立思考与独特视角。就这样历时十年,阿来的《云中记》才出手,果然不同凡响,无论是构思的精巧与严密,还是情感的充沛与控制,抑或是哲思的穿透与深邃,《云中记》无不令人动容。说一句或许有点犯众的话,随着时光的流逝,众多以"5·12"汶川大地震为题材的作品会为人所遗忘,但《云中记》则一定会成为经典而长存。

最后再简单地说一下有与之相匹配的艺术表现力。之所以简单地说,是因为在我看来对文学创作而言,必要的艺术表现力是最基本的要求。如果连这种最基本的要素都缺失或不能抵达基本水准之上,那无论题材如何之重大、主题如何之先进,都不会成为优秀之作,也不可能形成传播力与影响力,更不会成为传世之作,这样的文字其命运唯有"速朽"二字与之相匹配。那么,什么是"相匹配"?这的确有个见仁见智的不同选择,但就长篇小说这种以虚构为基本特性的文体而言,虚构与想象总应该是起码的底线,如果只是就事论事,不过只是做一点将真实的人名、地名改成虚拟名之类的虚构,总体缺乏起码的想象力与延伸力,那就只是一种最初级或者叫最低级的匹配,其作品的命运自然也不难想象。

作为本文结束,还想重复一遍的是,作为主题出版这个"筐子"中的长篇小说,所框定的仅只是一个大致的内容范围,其他与对小说创作的要求与标准别无二致,而且尊重小说创作自身的艺术规律、富于创造性创新性的作品才是主题出版中的真正精品。

强原创：文学创作与文学出版永恒的主题

从近年我国出版业一个有趣的现象谈起。

2017年，如果你稍加细心观察就会发现：中国的老舍和美国的欧内斯特·米勒尔·海明威在这一时间成了国内众多出版社竞相推出其代表作的两位热点作家，他们一些代表作的中文版本数量在这一年激增。中美两位文学大师在中国出版市场之命运如此殊途同归，无非就是因为从这一年起，他们的著作权开始进入公版期。

其实又何止是老舍和海明威成为一众出版单位抢手之热点？环顾一下我们的文学图书市场，本土四大古典文学名著中哪一种没有数百个重复版本？而域外20世纪前包括巴尔扎克、雨果、司汤达、狄更斯、托尔斯泰、陀思妥耶夫斯基等文学大师的经典名篇，哪一种不同样也都有三五十乃至近百个版本？这个现象往好里说，自然可以归结于我们某些出版商的眼神好，识货！换个角度看呢？如此一哄而上的现象恰暴露出了我们文学创作与文学出版原创力的严重匮乏和原创性的极端不足，况且在许多重复版本中，质量平庸低劣者也并不在少数。这一切无疑已成为影响我们文学创作与文学出版高质量发展的严重障碍。

党的十九届五中全会审议通过的《中共中央关于制定国民经济和社会发展第十四个五年规划和二〇三五年远景目标的建议》中已明确了以推动高质量发展为主题，以深化供给侧改革为主线，到2035年建成文化强国等一系列发展目标。作为建设文化强国的重要组成部分，文学创作和文学出版要实现高质量发展，关键就是要进一步推动创作和产业发展由数量扩张向质量提升转变，不断增强优质作品的有效供给能力，提升产业的市场竞争力，为满足新时代广大人民群众对美好精神生活的需求提供更多更好的精神食粮。"内容为王"是文学创作与文学出版的铁律，如果没有一定数量的优质原创产品做支撑，没有大量具有创新精神的从业人员积极主动地进行文化创造，则无异于灵魂的缺失。近些年来，我们的文学创作与出版，一方面成绩显著、新人频出、佳作纷呈；另一方面问题也不少，一个突出的重要表现是总书记那句精准的概括——"在文艺创作方面存在着有数量缺质量、有'高原'缺'高峰'的现象"。具体点说，就是一些作品过于偏向琐碎的日常经验和一己之内心，而展示时代主潮与人民心声，体现家国情怀、黄钟大吕的优质原创作品则相对较少，我们近现代以降至今诸如抗日战争、改革开放等重大事件，本都应该出现与之相匹配、可以传之后世的扛鼎之著，但遗憾的是，这些依然处于期待的过程之中。因此，抓优质原创理应成为文学创作与文学出版永恒的主题。

所谓"原创"，本质上就是对既定参照物的一种怀疑与否定。它既不是对某种既定形态的提升与修补，也不是对已有存在的一种注释与重复。原创是一种蜕变，具有非连续性的特点。原创在尊重传统、质疑传统的同时，更在于创造新的传统。原创来自创造者自身的综合能力，虽不排他，但又必然在自己的作品中烙出一个鲜明的新"我"。

"原创"者，重在一个"原"字，这个"原"区别于一般的创新。它强调的是初始性，即一切来自本源、根本、大地和生命；它具有不可复制性和排他性，它是新鲜的、独特的，又是抗平庸、反陈旧和拒重复的;它是一种对世界和人生的新把握,一种新生命形式的艺术显现。

就整体而言,文学创作首先是一种个体性极强的精神劳动,优质文学原创作品的产生,首先当然需要广大写作者——无论是专业的还是业余的、传统的还是网络的、个体的还是集体的——创造性的精神劳作,但文学出版业的积极参与——无论是前期的联手还是后期的制作推广——同样不可或缺。中国现代以来的历史告诉我们:文学与出版的良性互动为这一时期中国文学和文化的发展留下了一道亮丽的轨迹,在这条历史的长河中,我们可以清晰地看到,文学界最好的时期也是出版业最好的时期,反之亦然。文学创作在关注外部世界的同时,也需要反顾自身;出版不仅是传承,同样也是一种创造。如何再造文学创作与文学出版良性互动的灿烂景观,就是当前摆在我们面前的一项重要工作。

优质的原创文学因其对人类发展进程和审美经验独具个性的观察、表达和书写而最能反映一个民族文化创造的活力,而这种文化原创力的强健恰是构成我们文化自信的一个重要基础。从《诗经》到汉赋,从唐诗到宋词,从元曲到明清小说……一个时代有一个时代的标志性文学,表现了所处时代独特的文化原创力。今日之中国已然进入了历史上各个时期都无法想象与难以企及的繁荣与强盛之新时代,大题材、好故事、丰艺术、强传播,是我们以往任何一个时代都无从比拟的。这个伟大的时代当然需要也有条件产生与之相匹配的优质原创文学,在现有文学高原的基础上隆起一个优质原创文学的新高峰。时代抵达的高度,思想和文学应该努力攀登,而思想和文学抵达的地方,出版就没有任何落伍与掉队的理由。

今年恰逢新中国成立时间最早、文学出版规模最大、文学品类最齐全的人民文学出版社建社七十周年,铁凝主席在纪念该社建社七十周年座谈会上的讲话中有这样一段感慨:"最近,我看到一张照片,是四十二年前人民文学出版社召开中长篇小说部分作者座谈会的合影。那是1979年2月,党的十一届三中全会刚结束不久……我想,这张照片不仅有历史价值,它还体现着人民文学出版社七十年一以贯之的精神,那是开风气之先的使命感,是引领潮流的自信和勇气,是鼓励创造与探索的胸襟,是与广大作家紧紧连在一起的热情与温暖。"而人民文学出版社在为自己的七十周岁生日庆生之际也出版了一本名为《文学名著诞生地》的书,该书收录了 90 余位作家、评论家、学者、翻译家与编辑家对他们与人民文学出版社交往的种种经历的回忆。我引述这样两段事实无非是想说明,尽管文学出版处于整个文学产业链的后端,但在促进与推动优质原创文学发展与繁荣的过程中绝对不只是一个被动的等候者与二传手。在一定的意义上,它既能够在一定程度上参与和协同作家的创作过程,也可以在编辑和出版过程中进一步优化原创文学作品的品质,放大其影响力与传播力,最终实现原创者与出版者社会效益与经济效益双丰收的最佳效果。

如此论断绝非妄言。铁凝主席上述讲话中在谈到人文社召开的那次中长篇小说部分作者座谈会时,特意强调了"那是 1979 年 2 月,党的十一届三中全会刚结束不久"。什么意思呢?要知道,那还是一个乍暖还寒的时点,当时与会的一些作家身上此前背负上的种种"莫须有"枷锁尚未卸下,而这次会议的邀请于他们而言无异于一次精神上的昭雪。至于冯雪峰之于《保卫延安》、龙世辉之于《林海雪原》、王维玲之于《红岩》……这些编辑与作家联袂共创红色文学经典佳话的名单更是可以续写许多。

优质原创文学作品的创作和传播,在某种意义上恰犹如科技创新一样,需要时间与精力的大投入,如果将这些量化为经济计量也同样是一次大投入。但这种投入无疑是值得的。它一方面为我们社会主义文化强国的建设提供优质的精神文化精品,另一方面也是在为文化企业提供独有的核心竞争力,且降低了在复制、生产、传播和衍生开发等后续价值延伸增值过程中的成本。这种产业链越长,优质原创文学作品无形价值的开发和利用就越充分,企业的长期竞争力就越强。

尽管理论上如此,但由于当下种种复杂的因素,一些优质原创力在一定时间内未必完全能够释放出它们本该产生的强大文化、经济方面的影响力等现象也并不鲜见。对此,我们必须清醒地意识到:优质原创文学的产生有其自身的运作规律,美成在久。相关部门特别是管理部门,一定要保有足够的耐心,摒弃那种急功近利的政绩观与业绩观,充分尊重艺术生产规律。坚持以强原创为基石。一方面,在各种资源配置以及政策扶持等方面,都应旗帜鲜明地围绕着原创力的高下大力张扬党和国家的标准与尺度,大力扶持、表彰和奖掖原创,尤其是现实题材的文学原创,在全社会倡导与培养尊重原创、呵护原创的社会风气;另一方面,也可以通过事前审核和事后监管等多种手段,抑制低端重复出版现象,比如明确规定中外文学名著单位的专业出版资质与门槛,对校勘者、译者和责任编辑等相关人员的相关资质与能力进行基本审核等。

无论如何,强原创都应该成为文学创作与文学出版永恒的主题。

文学的天空与"部落"

新年伊始,在上海《收获》杂志社举办的一场名为"无界对话:文学辽阔的天空"的论坛上,传出了一些既启人思考又令人欣喜的信息:曾经看似泾渭分明的严肃文学、网络文学、公众号写作等,正在逐渐打破单一"部落"的边界,从曾经的"敌视"走向现在的"取经",彼此的融合在加速。在这样的背景下,是否会出现一片无界的、广阔的天空?

在我看来,这些个信息既涉及文学的一些通识,又关乎对某些文学现象的具体评判,确有必要沉下来思考一番。

文学从自立门户起,其天空的边际线从来都是在有条件的限制下持续拓展,不变的是拓展,变化的只是拓展的宽度与速度。

当我们直面文学这个历经数千年沧桑的既古老且年轻

的对象时,关于它的边际线的尺度如何把握似乎已是一个通识性的问题。

作为社会意识形态之一种的文学,在诞生之初其边际线曾经何等辽阔,人类早期无论中外都一度将一切用文字书写的书籍或文献统称为文学。随着时间的推移,这种无限大的疆域开始被收缩,但文学与史学和神话间依然混为一团,那时的文学往往是对历史与神话的记载;而用今天眼光来反观所谓纯粹的文学,在中国则要到周时才开始出现,比如《诗经》。在这样一个远古时期,文学的边界虽在缩小,但边际线的轮廓逐渐明晰。再往后,散文、格律诗、词、曲、小说等文学形式相继出现并先后在汉及汉以后的唐宋元明清等朝代渐次达到某种高峰,文学的边界也随之呈现出持续的开疆拓土之势。而在这个漫长的历史进程中,文学的边际线无论是收窄还是拓宽,关于文学的本质特征则是有了共识,即那个能够被称为文学的东西就是运用虚构与想象,使用语言文字塑造形象、反映生活、表达思想情感的一种艺术方式。这种艺术方式就是作家用独特的语言艺术来表现其独特的心灵世界。这"两个独特"恰恰就是对文学内在品质的一种要求,与文学的外在样式和形态无关,与所在"部落"的出身与介质无涉。这既是某种新的文学形态、新的文学"部落"进入文学天空的通行证,也是文学为自己的边界画出的一道红线。

我之所以老生常谈地回述一下这段近乎通识的有关文学边际线演变的历史,无非是想说明两点:其一,文学天空的边际线从来都不是固化的,持续地、或快或慢地开疆拓土是它发展变化的基本态势;其二,文学能否抵达那种"无界"之界的境界恐怕一时还很难讲,问题并不在于那些现有的、新兴的所谓"异质异类"文学能否闯入文学天空的边际线,而在于这些个"异质异类"是否具备了上述的"两个独特"的基本要求。需要特别强调的是,这"两个独特"是一种内在的品质,既与它的体量大小无关,也和它能否被翻译成几种语言无关。如同本人多次在相关场合与相关文字中反复说过的那样:网络文学作为一种新兴的创作样式,固然为文学提供了不少新因子,确实值得引起人们足够的重视与关注,但现有网络文学的体量之大、作者之众,无论如何都不足以成为网络文学总体上就是优质文学就是文学未来的一种佐证,衡量文学的品质如何从来就不存在一个人多势众的标准。还需要补充的一点是,现在又有人将几部网络文学作品被译成了几种外文而引以为它的重大成就，甚至将其作为中国文学"走向世界"的一张名片，这同样也是一种极为外在与皮相的认识。作品能够被译成外文的原因有许多，但绝非只是因为它优秀，这种近乎常识的道理实在不值当在这里饶舌。

"部落"从来都是在总体尊重文学边界原则的条件下亮出自己的"一招鲜"，而这个"部落"中的某些成员则总是会将这"一招鲜"提升到某种高度。

所谓"部落"，本义是指由若干血缘相近的氏族组成某个群体的概念，在这里显然只是一种借用。抽象地说，在文学天空辽阔的边际线中完全可以依据不同的维度、不同的逻辑来划分不同的"部落"，比如风格、流派、地域、题材、体裁，比如传统文学与网络文学、公众号写作……但当下使用"部落"，其所指我想应该是更多地指向那些与新媒体相关的文学写作或其他门类，比如网游中就既有直接以"部落"某某而命名者，亦有以"部落"间关系为题材的产品。

具体到文学创作，这个"部落"的概念恐怕主要还是就网络文学的类型化特征而言。网络文学的基本特征究竟是否就是类型化？在我看来这本身还是一个有待研究可供讨论的课题,我曾经多次表达过这样的看法:面对网络文学这样一个"庞然大物",对它做任何宏观性全局式的结论其实都是可疑的,毕竟你的取样充其量也只是网络文学总量中极小的一部分,而你又根本没有能力获取更大份额的取样,那又凭什么对网络文学的总体做判断?在这个意义上,断言类型化就是网络文学的基本特征当然令人存疑,但有所限定地说这是它的基本特征之一则没有问题。有学者研究,从大的方向看,网络文学既有青春、热血、奋斗等主题,也有言情与科幻等题材,再进一步细分则更是包括宫斗、宅斗、洪荒、盗墓、血族、修真、异能、穿越、重生、竞技、末世、网配、机配等各种"部落"争奇斗艳,令人眼花缭乱,有些命名其所指到底是什么,孤陋寡闻如我者也只能猜测。但无论如何,面对这种眼花缭乱恐怕还是可以说,尽管网络文学呈现出强烈的类型化特征,但它的类型也是够丰富的了,其"部落"或大或小的还真是不少。在某种意义上,这其实就是它自己的"一招鲜",而网络文学这个大家族中的不同"部落"同样也各有自己的绝活。

当然,文学的类型化或类型文学未必只是网络文学的专利。诸如武侠、言情、推理、悬疑、魔幻……这样一些文学类型在中外传统文学那里也都早已有之，而且还涌现出了不少代表性的经典作家与作品，只不过当时没有以"部落"称之而已。比如武侠之于金庸、梁羽生，言情之于琼瑶、亦舒，推理之于阿加莎·克里斯蒂，悬疑之于斯蒂芬·金、丹·布朗，魔幻之于 J. K. 罗琳……将这些作家归于"类型"其实并非一种贬义，无非只是指他们在创作时对作品的题材、结构和构思等的选择比较专一，或许又正是这种专一使得他们能够将某一点写得出神入化。比如言情之于一个"纯"字，武侠之于一个"义"字，推理之于一个"智"字，悬疑之于一个"隐"字，魔幻之于一个"奇"字，这些其实也就是他们的"一招鲜"。说句刻薄点的话，不是所有的所谓严肃文学作家都能够有这样的想象与虚构能力。同样在网络文学中，《琅琊榜》《甄嬛传》《芈月传》《伪装者》《大江大河》等近几年出现的这几部网络文学大作以及根据它们改编而成的电视剧，同样也都是在不同的方面充分展示了自己的"一招鲜"，因而或粉丝无数，或风靡荧屏。文学不同"部落"间所谓"排斥"甚至"敌视"的主要根源更多还在于认识观念上的差异，文学天空内不同"部落"间的通道其实从未阻断,融合始终都在进行。

　　在网络文学出现之前,传统文学内部就有所谓严肃文学与类型文学这样虽不严谨,却已是约定俗成的划分,而类型文学又往往为那些所谓严肃文学作家所不屑,如此排斥,更多恐怕还是缘自陈旧的、狭隘的文学观念的影响。似乎只要一打上"类型"的标签,就等于没个性、艺术雷同、文学性差。这些先入为主的偏见实际上暴露出自己对类型文学真的缺少了解。举个例子:《廊桥遗梦》作为一部风靡全球的言情小说,除去男女主人公的爱情故事令人动容之外,作家沃勒的文学描写能力其实也好生了得。在"弗郎西斯卡"一节中,已是67岁高龄的弗郎西斯卡在接听过孩子们打来的生日祝福电话和接待完来送蛋糕的朋友们后,独自坐在薄暮中打开二十二年前罗伯特寄来的那个牛皮纸信封,仔细端详着他当年为自己拍的那张照片,安静地回味着那天发生的一切。这段文字虽不足两千字,但描写之细腻、之精致如同高清摄影机慢慢地扫过一般。这样的笔墨一点都不亚于19世纪那些现实主义经典作家的功力,我们现在一些所谓严肃文学作家也未必能有这样的功夫。如果不细读作品,仅仅是因为《廊桥遗梦》讲述了一个凄美的爱情故事而归于言情一类就予以排斥,说好听点是观念的差异,骨子里其实更是视野与思维的狭窄。

到了网络文学的横空出世,这样一种从生产到营销到评价与传统文学大相径庭的新文学生态出现,它庞大的体量中确有许多十分粗糙的甚至根本够不上文学门槛的东西,且类型化程度比传统文学中的类型化更是有过之而无不及,凡此种种,的确容易导致传统文学作家特别是所谓严肃文学作家对他们的不屑,在一定历史条件下这种反应很正常。然而,随着时间的推移,网络文学在自身的野蛮生长中,也逐步建构起自己的一套秩序,在其汪洋大海中也不时确有珍珠闪烁;而更有诱惑力的则是网络文学大军的影响力不断扩大,其中一些"大咖"的经济收入更是一路高歌猛进。终究还是俗人的传统文学作家又怎么可能对此视而不见?在这样的背景这样的现实面前,"排斥"只能是一时的,从无声的融合到公开的交流终会成常态,直到形成你中有我我中有你、携手并进的新格局。

"部落"依存,天空广阔。特色形成"部落",通识锻造经典。这样一种良性格局的形成,我想无疑就是文学中人更是广大读者乐见其成的吧!

文学母题与人类共同的情感

"文学是丰富的""文学在自身发展的历史长河中越来越呈现出它的多样性""人类文明是多样的""在丰富的人类文明中同样也能发现其共同的精神价值"……凡此种种,正如同仓央嘉措在他的诗句中所吟咏的那样:"你见,或者不见,我就在那里。"我相信,面对这林林总总且为数不少的客观存在,诸如此类的话题对在座的诸位来说肯定缺乏足够的新鲜感,因为事实本身早就在那里。

尽管如此,我们今天依然要聚集在这里就"文学多样性与人类共同价值"这个话题展开交流与对话,我想还是因为如果我们就此展开进一步的深入探究,是否还可以为今日世界之和平发展提供些许新鲜有益的借鉴。如同文学存在着多样性一样,当今世界各国因其所处的发展阶段不同、国情各异等种种客观因素,他们选择的发展道路、发展模式同样也呈现出一种丰富性与多样性,但这并不妨碍我们人类依然存在着共同的精神价值及共同的利益。正是因为这种共同精神价值与共同利益的客观存在,推动世界的和平发展、共同推动人类命运共同体的建设才有了坚实的精神与物质支撑。

这当然是一个巨大的话题,需要世界各国学者从不同学科、不同领域加以深入研究与阐释。具体到我们今天这个文学论坛上,我选择了"文学母题与人类共同的情感"这个虽为小切口但又是十分具体的文学现象与大家分享交流。尽管这个切口很小,但无疑又是在文学发展的历史长河中大家都足可以看得见、感受得着的一种客观存在,而这样一种小小的客观存在带给我们的有益启迪却未必就小。

无论是遥远的古希腊神话还是中国的《诗经》,无论是来自西方的塞万提斯、薄伽丘、莎士比亚、雨果、歌德、巴尔扎克、卡夫卡、海明威、福克纳、马尔克斯……还是来自东方的屈原、李白、杜甫、白居易、曹雪芹、鲁迅、泰戈尔、纪伯伦、大江健三郎……在人类几千年文明史上传承下来的不胜枚举的文学大师的杰作中,无论他们所处的时代如何之遥远,也无论他们的肤色如何之不同,无论他们操持哪种语言从事创作,也无论他们在艺术表现上如何标新立异,我们总是能在他们笔下那脍炙人口的作品中读到那些穿越几千年人类文明亘古不变的表现主题:战争与和平、民主与专制、文明与愚昧、崇高与卑劣、美好与丑陋、真诚与虚伪、忠贞与背叛、生存与死亡、爱与恨、善与恶……这些被后人称为文学的母题。而正是这些母题的存在,不仅使得文学有别于其他社会科学,也使得文学成为另一种特别意义上的"世界语言"。这样一种"世界语言"是形象的,足可以在人的脑海中默默互动,在人的心灵中产生强烈共鸣。

我以为,在人类几千年文明的传承发展中,之所以有这样一些既亘古不变又逐渐丰富的文学母题源远流长,枝繁叶茂,实在是因为它们植根于人类共同的情感与精神追求。人类这样一种共同的情感与精神追求不因时间的流逝而淡化,不因空间的迁移而变异。因此,真正优秀的文学作品永远是超越地域、超越种族、超越语言、超越国别而成为人类共同的精神财富。即使在文明充分多样性的今天,这一点依然没有改变。无论你身处世界的何方,当莎士比亚笔下那李尔王的追问"生存还是死亡?"在耳旁响起时,你仍然会感到这依然是人类的一个未解之谜；当你读到"路漫漫其修远兮，吾将上下而求索"这样的千古绝唱时，你依然会为诗人那不屈的精神追求所感动。这一切盖源于文学母题与人类共同的情感和精神追求的高度同步，因此，面对文学创作带给人们的这种独特的精神与情感感染力，我们既没有理由不去探讨深入开展多种合作的途径与方式，也没有理由阻塞合作的双向性与多渠道。

中国是一个有着几千年灿烂文化且从未中断过的文明古国，今日之中国更以其经济社会文化全面协调可持续发展的态势，既热情拥抱世界，更向世界敞开自己博大的胸怀。四十余年来，在东方这块热土上发生的奇迹为世界所瞩目，我不能说文学是表现中国四十余年巨变的最好载体，但它肯定是最形象、最综合地再现这一历史进程的艺术写真；而与此同时，拥有十四亿人口的巨大市场也热切欢迎来自世界各国的优质文明与精神价值走近自己。这既是中国的机遇，也是世界的机遇。而机遇从来就是不动声色地公平地呈现在世界每一个人面前，就看你能否抓住它；合作从来也都是双向的、互动互利的。这就需要大家抱着一种平等的、建设性的、互鉴的心态去研究它、认识它，本着求同存异的原则,结合自己的国情从中吸取有益的营养,共同推进人类文明的和平发展,相互促进,共同走向人类命运共同体更加光明的未来。

媒体融合时代出版的"变"与"不变"

新旧媒体之争在现代传播的历史上隔上一段时间似乎就会闹腾一阵子,比如历史上的"报业与广播大战""电视震荡"等等。等到互联网技术特别是移动互联网技术兴起,新一轮的新旧媒体大战再度爆发,且一度大有你死我活之势。一番厮杀过后,此消彼长、此起彼伏,你方唱罢我登场,一时谁也没有能力绝对地吃掉对方。于是,又不得不冷静下来彼此重新打量。美国麻省理工学院政治学教授普尔在他的《自由的技术》(Technologies of Freedom)一书中首先提出,"媒体融合"不仅成为解读以互联网为核心的新一轮媒体大战的"关键词",似乎也应该是冷静理性地研究了不同媒体之争结果后的代表性论点,即新旧媒体各有特点,发展的正确轨道是融合而非战争,且融合已成不可逆转之历史大趋势。

在中国，2014年8月18日中央全面深化改革领导小组第四次会议审议通过了《关于推动传统媒体和新兴媒体融合发展的指导意见》，习近平总书记在会上发表重要讲话，标志着"媒体融合"这一不可逆转的历史趋势在我国已经从微观的内容产品层面和中观的体制机构层面上升到了宏观的国家战略层面。"媒体融合"作为国家一种战略的确立，意味着那种简单的"你死我活"式两极思维的终结，"融合"难就难在认真研究并如何有效地实现"融合"。

有必要对"融合"的对象做出明晰的界定。我们现在讲的"融合"，就是指传统媒体和以现代通信技术特别是以互联网技术为主要手段的新兴媒体间的融合，而不是过去那种在传统媒体内的相互借鉴与影响，诸如"电视栏目杂志化""杂志新闻化"等。传统媒体类别的不同决定了"融合"的路径与程度的不同，也就是说报纸有报纸的"融合"办法，刊物有刊物的"融合"之道，不好一概而论。如何"融合"才能真正有效？其首要前提则在于准确把握不同的媒体类别各自所独有的基本功能和本质属性，不深刻理解这一点，盲目地追求"融合"，就不可能收获理想的融合结果。

撇开其他种种媒体类别不论,本文仅从"变"与"不变"的角度就出版业的新旧融合一陈浅见。为论述的方便与指向明晰,姑且套用传统媒体与新兴媒体之套路,将出版业亦描述为传统出版与新兴出版。

一、对出版功能与本质的基本认识

这是我们讨论出版融合问题的元点与基本点,在这个基本点上如果没有起码的界定与共识,那一切的讨论都是没有意义的,大家不在一个共同的基础上来说话,必然是各拉各的调,各唱各的词。这样的结果虽看似热闹非凡,但着实毫无意义,毫无逻辑可言。

互联网的兴起的确给这个世界带来了巨大的变化,有些甚至是颠覆性的,接踵而至的新技术新概念一时间令人目不暇接,对出版业而言同样也不例外。我们还没怎么弄明白出版如何"数字化",便有"大数据"掺和进来,于是乎,"数字化"与"大数据"遂成为一部分出版从业者的"言必称",仿佛谁不如此谁就是"老土",是"卫道士",只是不曾想到,如此"创新"没几日,"互联网+"又气宇轩昂地拍马而至,大有一副"通吃"之架势,结果"互联网+出版""互联网

+编辑""互联网+阅读"之类更加"高大上"的主张一个个横空出世……在如此令人眼花缭乱和浮躁的氛围中,又有几个耐得住寂寞者还能傻呆呆地想想出版的功能与本质究竟是什么呢?

坦率地说,在新技术革命浪潮的荡涤下,未来的出版究竟会演变成什么样谁也无法预判,但我还是顽固地在想:出版的生产方式、传播方式、呈现方式之类无论如何演变,都不足为奇,也不重要,重要的是出版所承载的传播知识、传递信息、传承文明之基本功能会不会变化?有人说未来的出版"更是一个知识与信息的服务体系:一面是极度的碎片化,一面是高度的系统化"。倘果真如此,出版的功能本质上并没有任何变化,变了的不过是服务方式、服务能力而已。

人们如果认同这样一种认识,那就应该承认:出版的这些基本服务功能决定了它的本质必然是有选择、有门槛、有专业限制的。在这个意义上我们可以给出版打个形象的比方:它既是"大众"的,更是"精英"的。所谓"大众"是指出版的服务对象,所谓"精英"则是指提供服务的主体。如果没有这样一个"精英"团队的保障,又何以保证所传播的知识是无误的、传递的信息是准确的,又如何裁夺哪些文明是值得传承的?现在有人在比较传统出版与新兴出版的不同时断言:互联网激发了从未有过的内容生产力,剥夺了少数人垄断内容的特权,海量信息使内容越来越不值钱。这样的判断就是建立在典型的无视出版功能与本质的基础之上,这样的描述不能说不对,但问题的症结就在于,如果将这些"越来越不值钱"的"海量信息"直接作为出版的"内容"而服务"大众",那到底是一种服务还是一种误导呢?

因此,至少在目前,无论是"数字化"还是"数据化"抑或是"互联网+",都改变不了出版的基本功能与本质,出版依然是一个有选择、有门槛和有专业的行业,而绝非海量的"公众狂欢"和"娱乐至死"。这也是我们讨论传统出版与新兴出版融合发展时所应该遵循的基本元点和基本逻辑,本文的立论也力图如此。

二、在"融合"大背景下出版业的整体现状

如果用一句话描述出版业在"融合"大背景下的整体现状,恕我直言:出版业内对数字化方向、对融合发展已成不可逆转之趋势的认同业已形成并在逐步深化,但在具体

理解与执行的层面还收效甚微,不是"两张皮"的并存,就是认识还基本停留在凑合或结合的阶段,远谈不上融合,一堆炫目的数据、几多不着调的"清谈"还在误导着人们。

之所以如此判断,依据有三:第一,虽涉足新媒体,但所作所为与出版无关,根本谈不上融合,而是转了行走了样,诸如网游、彩铃之类都被当作新兴出版的业绩进入官方统计;第二,融合的做法基本停留在"三办"(网站、手机报、"两微")"两转"(电子版、互联网)阶段,新旧"两张皮",远说不上融合;第三,行业整体状况趋同,大多同样也同质,并购网游公司,开发游戏软件、电子书包等成为不少出版企业的共同选项,这到底是在融合大道上英雄所见略同式的殊途同归,还是程咬金三板斧后的黔驴技穷?

坦率地说,这些在我看来大多与出版——无论是传统出版还是新兴出版——基本上没什么关系,更谈不上融合发展。而这些问题的根源,从业务层面讲是就是对出版的基本功能和本质属性认识不清,从政治层面说则是急功近利、好大喜功的政绩观在作祟。关于如何理解传统出版与新兴出版的融合发展,我要给蒋建国同志在一次讲话中的清晰定位点个赞:所谓融合,就是要立足传统出版、发挥内容优势、运用先进技术、走向网络空间。核心是立足出版而非其他。

三、出版在媒体融合时代需要改变的根本点

说"融合"自然意味着"变",因此,"变"不是问题,以中央要求的"全面深化改革"之精神来促"变"、谋"变"也不是问题,问题就在于如何认准哪些地方需要"变",又应该如何"变"。在这个关键点上如果把握不好,就很可能该"变"的地方不"变",不该"变"的地方反倒乱"变"一通。必须承认:出版的融合发展目前尚处于刚刚起步与探索阶段,哪些地方需要"变"又如何"变"并没有一个现成的答案,而且可以肯定的是,这必然还是一个处于运动与发展中的问题。因此,本文所理解的"变"什么也只能是就现阶段的突出问题而言,至于如何"变"则更是没有统一的标准答案。

第一,转变思维观念。在融合发展中说到转变思维观念,首先想到的自然就是如何用互联网思维重新审视与定义出版业的企业、产品、生产、市场、用户、渠道、营销等全流程。这话说起来简单,但在真正执行当中又未必容易。之所以说不容易,是因为:一方面,传统出版毕竟运行上百年,

已形成的思维定式不是那么容易说转就转的,传统出版的思维会自觉不自觉地存在于从业者脑子里,自然而然地体现在行为上;另一方面,为了加速融合发展的进程,或许是由于矫枉过正,或许是因为对互联网思维的陌生,转变过程中的形而上学和简单生硬也并非没有可能。

互联网思维的特色究竟有哪些?流行的说法不尽一致,综合各家之说,它大抵包括用户思维、极致思维、简约思维、换代思维、流量思维、社会化思维、大数据思维、平台思维、跨界思维等等。这些思维从字面上看都不难理解,但如果仅仅停留在对字面意义的理解并据此执行则又未必能够不跑偏。比如说"用户思维",有人将其解释为"用户至上",从单一提供商业服务的角度看这不错,毕竟"用户就是上帝",但对出版业而言,则并非所有用户的所有需求都应该至上,特别是在中国这样一个拥有数亿读者且读者文化程度严重参差不齐的国家,绝对不是所有用户的所有需求都应该满足,出版终究承担着某种引导的社会职责,不加区分地以所谓用户思维为由而放弃出版的导向责任显然就不是正确的选项。因此,我们说转变思维观念,一方面强调的是在传统出版的思维中,必须注入互联网思维的优质基因;另一方面,又必须将互联网思维与出版业自身的特性结合起来。这里面就有一个尺度如何把握的问题,有一个选择与取舍的问题。

第二,转变生产经营。不可否认,以现代通信技术特别是以互联网技术为主要手段的新媒体的出现已经或正在或在未来完全可能给传统出版业带来巨大的冲击与变革。比如互联网在一定程度上解放与激活了内容生产力,移动技术带来了传播的即时性,数字技术促进了内容的多重利用,多媒体丰富了内容的呈现形态,新介质提高了复制效率和降低了复制成本,大数据的精准分析有助于阅读需求的锁定,数码按需印刷支持个性化出版……而所有的这一切如果依靠传统出版的生产经营方式,不是无法实现,就是效率低下,这就必然带来生产经营方式发生深刻的革命性的转变。

不仅如此,上述冲击与变革同时也在深刻地提醒我们:融合发展绝对不是简单地用新介质做传统出版,或者是简单地将传统出版的内容位移到新媒体上,我们以往融合发展的进展不理想,原因之一也正在于此。因此,在融合发展中所谓转变生产经营,实现全流程的数字化管理与运行,聚焦点是内容为王、产品为体、服务为本、用户至上;突破点在如何应用好新技术,包括智能终端、通信技术、云计算、大数据和社交技术,建设资源库,以此来开发产品;利用大数据,以此来了解需求;通过社交网,以此来拓展销售。

当然,生产经营方式的转变远不是本文所说的如此简单,许多问题、许多环节迄今也并没有现成或统一的标配方案来解决。尽管如此,我们依然可以斩钉截铁地说:出版业要实现真正的融合发展,生产经营方式非变不可。

第三,转变体制机制。伴随着思维方式与生产经营方式的变革,出版业的生产力必然会得到极大的解放与发展,要想这种新的生产力得以持续发展,就必须要有与之相适应相配套的新的生产关系,而这种新生产关系的出现就需要我们对传统出版的体制机制进行变革。

体制机制涉及的面很多,但就融合发展而言,当务之急便是在人力资源、组织形式和分配方式的转变等三个方面做文章。具体地说,在人力资源方面,当前亟须引入既深刻理解出版功能与本质,同时又高度认同互联网思维和数字化战略的高层管理者,引入掌握前沿技术的专业人员与传统编辑营销人员进行深度"融合",所谓"复合型"人才一将相求，但组建一支"复合型"团队则是现实而可行的选项。在组织形式方面，当务之急是改变现在传统出版与新兴出版在现行组织结构上"两张皮"的现状，仿佛新兴出版就是那一两个部门三五杆枪的事，如此这般，融合发展将永远是一句空话。在分配方式方面，市场化是其必须遵循的基本原则，如果与现行同行的分配方式相去甚远，那么肯定是既引不来优质人才也留不下能干之人。

其实，我们现在还根本无法估量融合发展给出版业带来的变革究竟有多深，但仅就目前认知而言，上述三点肯定是非变不可的，而且早变早主动。

四、出版在融合时代必须坚持的基本点

从某种意义上说，在融合发展的进程中，"不变"比"变"更艰难。"变"更是常态，是改革，而改革可以探索，可以"容错"；而"不变"则是坚守，在一片"变革"的声浪中，"不变"搞不好就成了"僵化"与"保守"的同义词，因此坚守更需要定力。其实，我们在强调全面深化改革的时候，还应该树立这样一种意识，那就是全面深化改革本身就包括改或不改两个部分，比如前面讲的三个"变"强调的是

一种改革,而在一片改革声中的某些坚守本身也是一种改革。在融合发展的进程中,我们不仅要看到"变"的紧迫性,同时也应该看到"不变"的艰巨性。

无论是传统出版还是新兴出版,终究都没有离开出版,更何况两者间的"融合"还是要立足传统出版。因此,研究"融合"、推动"融合"也不宜离开出版的基本功能及本质属性等这些根基,一旦偏离,你所导引的方向究竟还是不是出版本身就大可质疑,你所开发的产品到底还是不是出版物也同样值得打个大大的问号。正是基于这样的逻辑思考,在融合发展的进程中,至少在出版之基本功能没有发生转移的时候,我认为出版业如下的三个基本点无论如何都是必须坚持的。

其一,选择与发现是出版的本质不能变。出版之所以为出版,目前所公认的基本要素大抵有三:复制、传播与编辑。只有这三个要素同时存在,出版才可谓之为出版,由此而带来的产品也才可谓之为出版物。现在被称为"新兴出版"的诸多产品中,当然不缺复制与传播,而且比传统出版的复制与传播更便捷、更经济,但缺的恰恰就是编辑。

有人认为,所谓编辑不过就是改改错别字、顺顺稿件而已,这样的认识其实是十分肤浅的。编辑是一种职业,更是一种功能,而这种功能的核心就是选择与发现,具体点说就是采用什么、摒弃什么以及如何呈现,这与出版的基本功能恰恰相吻合。其实,话也可以这样讲:出版的基本功能正是通过编辑的劳动才得以实现。不加选择的传播与复制当然不是出版,最多只是一种交流,一种社区的交流。如果不承认这一点,那么曾经为几代中国人所熟悉的在十年浩劫中大为肆虐的大字报、小传单之类是不是也是一种"出版"?可又有谁愿意并敢于认同那些猖獗一时的"文字噩梦"就是一种出版呢?同样的原理为什么在新兴出版的业态下就可以置于脑后?放弃了选择与发现,本质上意味着对出版的彻底解构与颠覆;没有选择与发现,出版的边际将无穷扩张,且不说这到底还是不是出版,即使是,其中也不知要充斥多少废品与垃圾。

目前,作为新兴出版重要业绩之一的"自出版"基本上就是放弃了选择与发现的产物,以此为荣者自然不承认这一点,他们辩称已经用技术手段代替了人工的编辑,而这种所谓"技术"无非是在电脑系统中设置了一些起过滤作用的"关键词"。如果编辑的选择与发现仅只是这几个"过滤词"就能替代的,真不知该说是对编辑内涵理解的浅薄,还是这些所谓"新兴"者的悲哀。单说我们当下所谓"自出版"中的主力军——所谓网络原创文学,其中虽有少数智慧者,但认定整体状况乏善可陈恐怕也不为过,否则我们又如何理解习近平总书记所言的"有'高原'缺'高峰'"的现象呢?

现在一些人只看到新技术给内容呈现与传播所带来的丰富与方便,却忘记了这种丰富与方便的背后无一不是有着选择与发现的坚实支撑。仅以为人们所津津乐道的数据库为例,人们只是看到了它使用的便捷以及相关知识点延伸的丰富,便以为这就是互联网的魅力,是新兴出版大优于传统出版之所在,殊不知支撑起这个数据库后台的功夫恰恰就是选择与发现的结果而绝非"自"的成果。

其二,内容优劣是衡量出版质量高低的唯一标准不能变。"内容为王"是出版业优胜劣汰的永恒法则,现代出版业过往几百年的历史一再证明了这个产业的优劣分野永远在内容而不在数量、介质、载体与复制力。

如果将出版视为文化的一个重要组成部分,立足于文化本位主义,"内容为王"的法则从来也不曾动摇。也正是这个永恒法则保证了出版物终究不是一般的娱乐产品,其公共性与专业性的统一仍然是衡量其品质的基本标准。虽然也曾有过"渠道为王""服务为王""现金为王"一类的"王位"之争,但"内容"的"王位"却始终未曾被撼动,姑且暂时放下内容之优劣不论,单是从逻辑关系而言,内容与渠道、服务、现金之类的关联绝对无异于皮与毛之关系,"皮之不存,毛将焉附"的道理总是不会变的。

到了互联网、数字化生存的时代,一个时尚的说法叫作要学会运用互联网思维,这当然没问题。于是,用户至上、服务为本……互联网思维的这些基本特征在新兴出版领域是否意味着要取内容之"王位"而代之?我以为不是!互联网思维的诸特征肯定不会也不能简单地平移至出版业,单说"用户至上"就有一个层级与甄别的问题,对出版而言,肯定不是所有用户的所有需求都应该满足,这里既有道德与法律的底线不能逾越,也有价值与品位的红线需要引导。如同渠道、服务、现金那些要素一样,互联网思维同样也不是要改变出版业"内容为王"的永恒法则,相反还是为了更好地凸显和保障这个法则。

互联网的"海量"内容的现象很容易给人造成一种错

觉,仿佛互联网的出现极大地解放了内容生产力,互联网时代的内容也不再像传统出版时代那样是作为一种稀缺和垄断资源而存在。坦率地说,这样的错觉判断的确很容易迷惑人。仅以传播知识这一点为例:现在我们如果需要了解某一知识点,只要"百度""维基"或"谷歌"一下,立即会得到"海量"答案,这是何等丰富与便捷啊!只是人们在为这种"海量"的丰富与便捷而狂欢而雀跃的时候,是否有人会冷静地甄别一下这"海量"知识点的正谬?在关键知识点上哪怕只是一点小小的瑕疵又会造成什么样的后果?相关资料统计:现行网上基本知识的差错率高达30%。这种"风险"不也正好从另一面证明了内容优劣是衡量出版质量高低的唯一标准不能变,"内容为王"的法则不能变了吗?

第三,出版人的文化情怀不能变。本文开篇就明确了出版的基本功能在于传播知识、传递信息、传承文明,这也决定了它的本质属性离不开选择与发现。出版的融合发展绝对不是要消解乃至颠覆这样的基本功能与本质属性,相反倒是为了强化和丰富它。也正是在这个意义上,即使在互联网时代,即使是互联网思维,出版也绝对不是一味迎合用户的需求去提供内容，而是要立足选择与发现的出版本质和先进的技术，预测和引导用户的行为，只有坚持这样的核心竞争力，才能使出版立于不败之地。与此同时，公共性与专业性的出版标准也决定了出版物的市场标准不能一概而论，出版人所追求的应该是有效市场的最大化，而不是一味地市场最大化。

这一切都从不同指向对出版人提出了一个共同的要求：文化情怀。情怀作为含有某种感情的心境，它决定着你是否会带着感情去关注什么，而你关注了什么，你的才华以及你的行为就会聚集于此。从这个意义上说，情怀本身就是一种最重要的才华，也是最不容易流失的才华。一个富有人文情怀的出版人所关注的永远不会是简单的出版形态，而是这形态背后的结构与品质；一个富有人文情怀的出版人所关注的永远是人类文明的传承与发展，所坚守的永远是知识传播的准确性；一个富有人文情怀的出版人无疑具有宽厚、包容和博大的胸怀，在坚守底线的前提下，他不会把一己之好恶、个人之认同作为选择的唯一尺度；一个富有人文情怀的出版人大都具有敏锐的捕捉和识别能力……富有人文情怀的出版人之所以具备以上素质，未必是他们个人具备了多少过人的才华,甚至也不是他们具有多少超人的学识,而只是因为他们始终关注着出版的功能与本质,恪守着出版的规律与尺度,并在自己的职业生涯中紧紧咬住而不放松、不游离、不偏移。文化情怀的缺失者绝对不是一个合格的出版人,更不可能成为一个优秀的出版人,他们极易成为平庸、低俗乃至恶俗内容的提供者和市场与金钱的奴隶。现代出版业的历史进程也一再表明:无论出版本身如何变革,出版的成就永远是由那些具有文化情怀的出版人创造的。

因此,在融合发展的进程中,我们固然稀缺高度认同互联网思维和数字化战略的高层管理者和掌握前沿技术的专业人才,但执出版融合发展之牛耳者仍然应该是那些具有文化情怀的出版人;或者说,一个缺乏人文情怀者,即便他是互联网的高手和新技术的弄潮儿,也未必能成为一个优秀的出版人。

结束的话

融合已成出版业发展的不可逆转之势,在这个过程中,传统出版需要变革毋庸置疑,但它的对手并不是新兴出版,而恰恰是其自身。在走向"融合"的过程中,理性思考媒体融合时代出版的"变"与"不变"至关重要,传统出版绝对不是简单地唯新兴出版马首是瞻,随意摒弃自己深厚的历史积淀及所承担的社会责任。与人类传播史上历次"变革"一样,这样一种"融合"所带来的应该是一个更为平等、自由和开放的新生态,而绝不是单一娱乐至死的所谓"新天地"。

辑三

"话题"作家徐怀中

在我看来,徐怀中显然不是一位高产的作家,但却绝对是一位"话题"作家。我这里所说的"话题"作家,从面上说是指他的主要作品只要一面世就立即会引发或形成一个文学话题,"话题"可能完全不同,也可能是围绕着同一个话题的不同侧面展开。这种现象说起来看似简单,但仔细一想,能产生这种效应的作家其实还真的不多。

我心目中徐怀中的主要作品有4部,即1956年面世的长篇小说《我们播种爱情》,1980年问世的中篇小说《西线轶事》以及由此衍生而出的《阮氏丁香》等,2013年面世的非虚构作品《底色》和2018年面世的长篇小说《牵风记》。对一位90高龄的著名作家而言,这自然不能算是高产,但恰恰就是这4部作品,几乎每一部的诞生都成为文坛一时之话题。对此,我们不妨顺着时间轴,简单地回顾与梳理一番。

先看面世于 20 世纪 50 年代的长篇小说《我们播种爱情》。作为中国当代文学中第一部以西藏人民新生活为题材的长篇小说,作品发表的时间与其描绘的时代几近同步。在那个激情燃烧的岁月里,面对这样的题材,作者竟然以"我们播种爱情"为题,这在当时绝对是需要一定勇气的。当然,这部作品中所书写的"爱情"的确有两个所指:一是狭义上的男女之爱,在 25 万字不算太长的篇幅内,作者在多处状写男女之爱,包括林媛、倪慧聪与畜牧技师苗康的三方恋情,也包括秋枝在朱汉才及叶海之间的彷徨,等等;二是广义上的不同人等、不同民族之间的大爱,在那个特定的时代和特定的地域内,充分展示了新西藏的建设者们对这片虽一时贫瘠却清丽纯洁的雪域高原之爱,对虽一时封闭却纯朴善良的藏族同胞之爱。正是这种小爱与大爱之间自然而圆润的糅合,一股浓浓的爱意既播种在西藏的荒野,也播种在汉藏同胞的心田,使得整部作品充盈着一种温馨而炽热的氛围,洋溢着一种高尚而纯洁的情调,透出了一束绚丽诱人的理想之光。也正因为此,无怪乎叶圣陶先生在

1956年将其推荐为"近年来优秀的长篇之一",亦无怪乎在六十多年后的今天,这部作品依然保有足够的生命力。只要登录"豆瓣"网浏览一下,便可见到在《我们播种爱情》名后各种长长短短的留言与跟帖,而且不乏年轻的读者,这的确是并不多见与十分难得的。需要提及的是,1959年由这部长篇改编成的电影剧本《无情的情人》因宣扬所谓"资产阶级人性论"而受到批判,徐怀中的作品首次被打上了"爱情"与"人性"的烙印。

再说中篇小说《西线轶事》。这里的所谓"西线",实际上是指20世纪70年代末80年代末的那场南线之战。这是一部典型的战争题材小说。作品中的主人公之一刘毛妹显然不同于我们以往所阅读过的中国当代战争题材小说中的那些个主要角色,她身上英气虽存,毛病亦在,其女性青年的本色——体现在细节的处理上;作品里电话班中其他几个女兵,也莫不是各有所长、各有其短。这群姑娘的形象虽没了长期以来习见的那种"高大全"式的英姿,然反倒更加可信可亲可爱、鲜活灵动起来。在这部在那个刚刚"解冻"的时节所创作的战争小说中,徐怀中的突破还不止于对人物的塑造,在整体构思上,《西线轶事》也是刻意避开渲染枪林弹雨和炮火连天的战争氛围，而是将触角伸展到初浴战火的青年人，通过他们在战争前后的趣闻逸事和人生遭遇，细致入微地展示了这一代年轻战士丰富的精神世界和纯洁美好的品质，歌颂了普通年轻战士的献身精神和人格尊严。同时透过烙在他们身上的特定印记去反思那段刚刚逝去的岁月，进而审视现实和未来，融入了作者对社会、军队和民族的深沉思索。这些个特点在今天看来着实平常不过，实在没什么特别之处。但如果将其上溯至20世纪80年代之初，多少就有了点"于无声处听惊雷"之震撼感了。要知道，那是一个刚刚开始试图挣脱文艺创作"高大全""两突出"桎梏的时代，那是一个文艺创作被公式化、格式化了几十年的时代，稍有出格便有可能被戴上"右倾"大帽的时代。明白了这样的时代背景，就不难理解《西线轶事》的写作需要作者多大的勇气和顶着多大的压力，也不难理解这样一部在今天看来也许只是一部平平之作的小说在当时何以产生那般强烈的反响。用"拓荒""开创"这样的词儿来形容来描述徐怀中和他的《西线轶事》或许有些猛，但称其为"萌芽"或"启蒙"则绝对是恰如其分的。

接下来，徐怀中虽偶有新作面世，但他似乎把主要精力放在了创办解放军艺术学院文学系和部队文化建设的工作上,一直到2013年4月才出版了"非虚构"作品《底色》。

这是五十多年前徐怀中作为"中国作家记者组"组长,率组在越南南方战地采访而成的"战地日记"。作为一部"非虚构"作品,《底色》真实地记录了20世纪60年代中期一个中国军人作家与记者的思想、情感和心态。半个多世纪前的那段历史,今日知之者已不多,《底色》的"非虚构"写作则为此留下了一份弥足珍贵的历史记录。于是,上自南方最高军事指挥员阮志清大将、第四军区司令员三庭、南方总部副司令员三姐,下至珠姐、娟姐、六姐阮光化、阮文龟、阮氏梅等若干英雄人物,都经徐怀中的采访而栩栩如生、活灵活现地被记录在《底色》中。除了这些人物,作品还浓墨重彩地描绘了"卡德号"航母之役、布林克饭店之炸、公理桥袭击之憾等重大事件。尽管这是一部"非虚构"作品,但谙熟文学写作的徐怀中还是将小说、散文、通讯、政论等多种手段融入《底色》的创作中,从而形成一种"跨文体"的景观。比如注重细节显然就是小说创作的利器而非"非虚构"写作所擅长,然而在《底色》中,徐怀中在对人物进行采访时就十分注意观察其细节并抓住若干典型性特征予以表现,他在观察南方部队副司令三姐观赏演出时留下了如下文字:"像一个婴儿,止不住格格地笑。照身份来说,如此前仰后合开心地大笑,很不合适的,她不管这个。农村妇女们看戏看电影,总是这么前仰后合开心地大笑,虽是当了副司令,该怎么着还是怎么着。她脱掉了抗战鞋,两脚踩在前面的小方凳上,光着脚丫子来欣赏节目,自由自在惯了,她改不了。"一个婴儿般地笑,一个光脚丫子看戏,两个细节一下子穿透了三姐这位副司令的出身及性格。当然,作为战争题材的"非虚构"之作,如何认识战争、反思战争无论如何都应成为作品中不可或缺的重要支撑。于是,在作品第 35 章中,徐怀中借赞赏"世界上最伟大的战地摄影记者"卡帕而直抒胸臆:"他摄取到的是人类战争的底色,他留给世界的是一系列人的生命雕塑。实则,卡帕是以无声的语言在向世界发出警告,他祈望出现在他镜头下的种种惨相不至于无休无止地一再重演。"这里出现的与书名相同的"底色"二字,一个呈现于卡帕的镜头之中,一个流淌在徐怀中的笔下。这"底色"是战争还是"人性"?有了两次参战经历和换位思考,加上近半个世纪的时空距离,徐怀中先生获得了"在以往战争经历中从未有过的内心体验,一些深思与明悟"。于是阅读《底色》时,我相信读者感受最深的当是作者以浓郁的情感和人性化的笔触,回顾了战争的悲剧与教训,突出了战争中的人,以战争反观和彰显人性,以惨烈期待和呼唤和平。

最后就该说到徐怀中以 90 高龄获得茅盾文学奖的长篇小说《牵风记》了。作品以六十多年前解放战争时期我军拉开战略反攻的大幕为背景,那场冀鲁豫野战军千里挺进大别山的战役之惨烈之艰辛早已载入史册。作为这次战略大迁徙的亲历者,徐怀中先生当然有条件、有能力对此予以全景式的文学呈现,留下一部史诗性的大作品。然而,徐怀中先生却偏要绕开这条习见的、不会引起任何争议的坦途,而毅然决然地选择了另一条崎岖蜿蜒、坎坷不平的羊肠小道。于是,在这条小道上,时而腥风血雨,时而清风送爽,一部《牵风记》由此应运而生。

《牵风记》总体长度不过 19 万字,却居然有 28 章,外加"序曲"和"尾声"两部分。这样的篇章结构,完全不难想象作品极可能呈现出的三个基本特点:一是叙述的节奏急促,二是场景的更迭频繁,三是内容的丰满交错。果不其然,单看各章小标题多少便能见出上述三个特点,诸如"隆隆炮声中传来一曲《高山流水》""一匹马等于一幅五万分之一地图""大别山主峰在烈焰升腾中迅速熔化""她们来不及照一照自己的面庞""银杏树……银杏树……",如此这般,烽火弥漫中的金戈铁马、血色硝烟中的小桥流水、枪林弹雨中的呢喃细语共同奏响了一曲残酷战争大背景与大环境中的交响诗。这是一段艰难的岁月,也是一段难忘的日子,而有日子的地方就会有人情世故,作为作家的徐怀中先生正是敏锐地捕捉住这一点,他自己坦言,这部作品的"写作意图不是正面写战场,相反小说淡化了具体的战争场面,而是凸显特殊情景下人性的纠结与舒展",于是,人情世故理所当然地占据了自己的一席之地。

既然是人情世故,那自然就少不了人与情。而在人与情之前,不妨先看作品中出现的那匹"神马"。用拟人化的笔墨书写动物的手法在文学中当然不少,但像徐怀中先生这样将其移植到中国战争文学中来,赋军马以智、勇、忠三气于一身者则并不多见。先生笔下的军马"滩枣"不仅长相俊美、奔跑神速,而且通人性识人音,堪称军中神马。马尚且如此,那人则更是不同凡响。在《牵风记》中,这人与情的故事就主要寄托在徐怀中先生着力刻画的三位主角身上,他们恰如雕像般深深地烙在了读者心中。其中,女教员汪可逾与男首长齐竞联袂上演的那出浪漫激越而又一波三折的悲怆行板,更是如歌如泣,令人难忘。他们阴差阳错地在"老虎团"驻地不期而遇,一个是聪明灵动、冰清玉洁,一个是儒雅威猛、文武双全。一曲《高山流水》将两者的心灵紧紧地锁在了一起。这一双形象皆因怀中先生特别的笔墨而在我国军事文学作品中见出卓尔不凡的一面。汪可逾牺牲后,那保持着前进姿态站立于一棵银杏树洞内肉身不腐的最后形象不能不令人为之心动,这样一种神奇的想象也是首次出现在我国战争文学的人物群像之中。而男一号齐竞的形象在徐怀中先生的笔下同样个性鲜明。我国战争文学中的男一号多为两种类型:早期多猛将,后来则儒将占优,但又多有猛将过粗、儒将过弱的偏执,时而虽偶有文武兼备者,但总体又显儒雅有余而阳刚不足。而徐怀中笔下的这位齐竞则是文武之道更显平衡自如:文时谈笑风生、纵横捭阖,武时左冲右突、干脆利落。作品中不仅主要人物如此,配角也毫不逊色。身为齐竞警卫员的曹水儿在最后遭诬告而被一号"挥泪斩马谡"时的那种宁愿站着死决不跪着生的凛然之气,绝对令人为之动容。

在谈到这部作品的创作时,徐怀中先生坦言:"我是老一茬作者,最大的挑战在于把头脑中那些受到局限束缚的东西彻底释放,挣脱精神上看不见的锁链和概念的捆绑,抛开过往创作上的窠臼,完全回到文学自身的规律上来。"《牵风记》所呈现出来的上述特点当是先生这种自省的一次成功实践。而这次实践的过程自然有着不少创新与尝试,需要作者的勇气与胆识、理性与清醒,其结果则是对中国战争文学的一种丰富。

毋庸讳言,在相当长的一段时间内,我们的战争文学创作中,一旦出现一些"儿女情长"的场景,则往往遭到"宣扬资产阶级人性论"、搞所谓"温情主义"的斥责。因而在我们过往的战争文学中,占据主角位置的基本上就是一群充满了阳刚英武之气、为了正义而在战场上冲锋陷阵的勇者,这些形象成为战争文学的主角完全无可厚非。但如果我们战争文学中的主角仅只是这样一种单一的呈现,那既不是战争时代生活的全貌,也必然失之单调。况且,即便是一身阳刚的英雄与勇士,即便是生活在战争时代的人们,他们同样都会有自己的七情六欲与喜怒哀乐,除去战斗外,他们同样也会有属于一己的儿女情长。在这两者间,简单地指责谁谁谁是"假大空",谁谁谁是抽象的"人性论",都未免因过于简单化、情绪化而陷于形而上学的囹圄。其实,如何处理战争与人的关系不仅是中国文学,也是世界战争文学中的一个重要课题。而徐怀中先生就是在以自己的创作实践持续不断地进行着这种探索和开掘。《牵风记》面世不久,虽以高票获得了第十届茅盾文学奖的殊荣,奠定了它在中国当代文学中的杰出地位,但其围绕着军人形象的描写在甫一面世同样也遭遇到些许质疑,再一次显现出徐怀中作为一位"话题"作家的宿命。

从《我们播种爱情》到《牵风记》,经过上述这番简单的回顾与梳理,不难看出,在徐怀中先生长达六十余年的创作生涯中,"话题"如同幽灵般始终伴随着他创作的全过程,而这些个话题则逃不掉地与战争、人性、情感和革命人道主义等四个要素如影相随。

乍一看,这似乎很有趣。但细细想来,作为文学,特别是战争文学,这些个话题本身的出现:第一,具有世界性;第二,尤其是那些或引起强烈关注,或被公认为特色鲜明,或赢得一片赞誉的战争文学作品,几乎都摆脱不掉为这些个话题所缠绕的宿命。顺着这种现象再往深里捋,就不难发现,这些个话题之所以与战争文学如影相随,是因为战争这种相互使用暴力、攻击和杀戮的行为所具有的血腥与残酷,必然引发人们思考与之相对应的和平、情感、人性及人道主义等反向命题。在人类发展到现在这个漫长的历史进程中,战争虽一直无法避免,但人们对和平的祈祷、对战争中人性及人道主义的期盼,同样一天也没有终结。而作家特别是优秀的作家对这样的命题持有特别的敏感本来就是十分正常的一种世界级文学现象,只要我们稍微梳理一下世界文学格局中的一些优秀战争文学作品,就不难追寻到这样的历史留痕。而在我们的当代文学史上,这样的话题之所以还具有一定的敏感性,是因为我们的确在一段不短的时间内秉持着那种简单的文学观念,以至于对战争与和平、英雄与柔情、残酷与人性这些复杂关系的处理,始终处于一种截然对立的状态,而无视其在某种特定时空中有可能出现的种种特殊情境、微妙变化乃至反转,进而再用这种非此即彼的观念来衡量与评价作品,顺我者昌,逆我者亡。客观地说,这种非此即彼的文学观念在新时期以来的思想大解放中被反转,但长期以来形成的惯性却依然不可小觑,这或许就是徐怀中先生的创作一再被"话题"的深层原因。如果我们仔细梳理一下就会发现:不是每一位写作者都能成为"话题"作家;反过来,能够成为"话题"作家本身就是一种价值。这也从另一侧面证实了徐怀中先生创作的文学价值与时代意义:这位耄耋长者长达六十余年来一以贯之的革命英雄主义情怀,他对战争与人的关系那细致入微的观察与思考,以及笔下所展现出的激情飞扬般的艺术想象力等种种努力,在新中国七十年来的战争文学史上都留下了浓墨重彩的一笔。

"诺奖魔咒"之于莫言

　　国际文坛素有所谓"诺奖魔咒"之说,而这个"魔咒"指的就是不少作家在获得"诺奖"之后都会陷入一段时间的停滞或者无法超越自己过往的困境。莫言自己也曾坦言"诺奖魔咒"的存在:"诺奖确实影响巨大,包括会给获奖者带来不少的烦扰。"有人做过这样的统计:截至2016年,莫言在获得"诺奖"后的四年中先后应邀去了全世界至少34个不同的城市,参加过26次会议、18次讲座,至于题字、签名之类那就更是不计其数。在下虽没有对上述数据的准确性进行一一核实,但大体不谬恐也是基本事实。

　　因荣膺"诺奖"而一跃成为社会名流很正常。参加会议、演讲、题字签名也自然都是作为社会名流理应承担的一些社会义务,这些恐亦不属所谓"魔咒"之所指,它主要施之于获奖者在获此殊荣后的创作:要么停滞甚至倒退,要么干脆"颗粒无收"。而从这个意义上看,莫言显然没有被这个"魔法"所击中。在瞭别自己出版新作十年后,他终于出版了自己的中短篇小说集《晚熟的人》,一次性收入新创作的中短篇小说 12 部。此时距莫言获得"诺奖"虽过去了八年,但细看所收入的 12 部作品后的具体写作时间,便不难看出在这八年中,莫言的创作其实一直都没有中断,只不过产量有所降低,特别是没有新的长篇小说面世。至于这些作品的质量,有继承,有创新;有我们熟悉的莫言,也有前所未见、令人耳目一新的莫言。

在《晚熟的人》中,以往那种打滑的文风不再明显,"溜冰"现象很难看到;题材虽依然取自故乡人事,但奇人异者少了,更多的是聚焦当下,艺术地呈现自己对社会新生问题的观察与思考;不再聚焦"英雄好汉王八蛋",而是转向那些十分平凡而不起眼的芸芸众生;过往那种汪洋恣肆、梦幻传奇的东西少了,更多了些冷静直白与静观自嘲;12 部作品中的 11 部都有一个"老莫言"之外的"新莫言"出现。此外还有对深刻性与可读性关系的处理,对叙述主体的"复调"式使用,以及明写实暗反讽的鲜明对比,等等。凡此种种不难看出,在获得"诺奖"八年后,莫言如果依旧不见新作,或是推出的首部新作依旧"一如既往",那就不是"晚熟",而是"夹生"或"熟大了",但现实是他不仅没有停笔,而且更显"晚熟"。

其实不仅只是限于小说创作,获"诺奖"后的莫言之创作还有了新的拓展,仅就本人读过的《东瀛长歌行》《鲸海红叶歌》《黄河游》和《饺子歌》等几首长诗而言,确有几分惊异之感,相信读者日后读过一定会有另一番强烈感受:莫言竟然还有这手好功夫？当然,还不止于诗创作,在戏剧领域,不仅是他的名作《红高粱》2022 年 8 月被江苏大剧院改编成《红高粱家族》而搬上了舞台,与此同时,浙江文艺出版社上海分社"可以文化"还推出了莫言的话剧剧作集《我们的荆轲》和影视剧剧作集《姑奶奶披红绸》。

因此,面对所谓"诺奖魔咒"一说,即使这种现象的存在确有一定的依据,但更多只是限于文学创作这单一视角且也未必准确,因为文学评价从来就是见仁见智。"诺奖"后十年,身为作家的莫言其作品数量虽不及获奖前那般喷涌,但从他个人十年间的综合表现而言,应该可以说是心态更自信,比如《晚熟的人》中出现的那种更为开阔的视野与更加娴熟的叙事,以及从小说到诗歌、戏剧等领域的拓展;格局更宽广,比如从事社会公益福利事业,以及进入大学拓宽文学教育业务;状态更松弛,比如涉足新媒体,和读者受众直接进行自由广泛的交流。而正是这三个"更"共同造就了一个更加成熟的莫言,戏称为"晚熟"亦无不可。

看来,"诺奖"这个"魔咒"之于莫言不仅没有显灵,相反在一定意义上倒是成了他的某种"福音"!当然,这种"福音"更多地恐怕还是从受众角度而言;就莫言本人来说,我想他或许更愿意回归那种安静自在的创作状态中去吧。

难以忘怀的军人情结及其辐射
——阎欣宁部分创作随感

一

两年前的一次随意阅读竟使我记住了阎欣宁这个陌生的名字,但在对他身份的判断上却出了一点小小的偏差。读到《枪队》系列中那种对军人状态的出神入化的描写,加之这篇作品又发表在《解放军文艺》上,便更是以为军旅中又冒出了一个令人不可小瞧的新秀。到了有幸结识之后才知道,这个"新秀"不仅有了八年的创作历史,而且现在还供职于一家市级的文学刊物;再接下来又了解到他以前的确也着着实实地干过几年野战军,后来才转成武警并由武警转业到地方。这才总算为自己对他身份判断的失误找到了一点聊以自慰的解释。不过,后来陆陆续续地再读了欣宁的近20篇作品之后,我依然无从将他与"军人"二字割开来,客观点说吧,尽管在身份上阎欣宁已经完成了军转民的变化,但他的文学创作至少在题材上迄今为止尚未完全实现军转民的"转业"。在我所读到的欣宁的大部分作品中,你不能不感到总是有一种难以忘怀的军人情结萦绕其中并不时加以辐射,即使是没有涉足军旅题材的作品也常常如此。

职业关系,长期的阅读使我在心目中暗暗地将新时期以来活跃于文坛的作家的创作状态大致划分成四种类型:一、起点高,出手不凡,并且基本上能维持一种创作上的高水准;二、一起步就令人刮目相看,可惜好景不长,再难有所超越,其中也不排除昙花一现者;三、起点平平,但却能在不高的起点上持之以恒,扎扎实实地朝前发展,不断地超越自己,逐步走向成熟;四、作品数量可观,只是毫无进取,老是在原地不断地重复自己。面对这四种类型,我以为只有第一、三两种方有可能成为大家或有突出个性的作家;第二种则令人遗憾;至于第四种,也只好是忽略不计了。依照这样的划分,我愿意将阎欣宁创作划入第三种类型。坦率地说,我并不认为欣宁是那种天赋很高、出手不凡的才子型人物,但无疑是属于勤勤勉勉、孜孜以求,缓缓前行的实干型。这样说我以为恰如其分,更符合欣宁的创作实际。

综观欣宁前后十年的创作,其发展变化的轨迹还是相当清晰的。他1983年开始发表作品,其处女作是什么我不清楚,但读过其同年发表的作品《远峰空濛近山青》。这是一部以部队抗洪救灾为题材的作品,其中虽也有些许感人的细节,但总体上似乎并未逃出依据好人好事敷衍成篇的套路,或者说基本上还是军旅题材作品中常见的学雷锋模式,这以后的作品如《上马石》《黑马跳过界河》《士兵的王国》《横碑》《裸根》《鸟瞰点》《海神》《列车西去》等无一不是军旅题材的作品,虽说在结构、叙述语言等方面比之于前一篇更加娴熟,也不乏局部变化,但总体格局和意味则没有大的发展。不过在这期间有2部作品值得注意,那就是1987年的《枪手沉沦》和1990年的《零师》。我之所以特别提及这2部作品,固然是因为它们相对成熟,更是由于从中见出了欣宁创作开始变化的萌芽。果然,到了1991年他的《枪队》系列和1992年《极限》系列的面世,当然还包括《座子》《南望王师》等作品,这个阎欣宁便不能不令人刮目相看了。这两组短篇系列不仅构成了欣宁个人创作的一个小高潮,而且在整个新时期以来军旅创作中也同样是值得重视的。再接下来,欣宁的笔触开始向军旅以外拓展,我所读到的有《自然村》《游戏三昧》《白领精神》等,这些作品除去题材上的变化之外,又增加了一些他以往军旅题材创作中所不曾见的幽默,总体上虽不及前面的两个系列,但毕竟又开始了变化,况且这也很正常,因为他终究不是以突变见长而驻足文坛。

由此可见,本文所要评论的对象虽不是以十足的天分而崭露文坛,但又有着一颗不那么安分的艺术灵魂,以扎实的求变求发展为自己的艺术追求。如果这样的基本概观不错的话,那么我们对阎欣宁创作的解读也就找到了一条大致的思路。

二

到目前为止,军旅题材作品的创作在阎欣宁个人的创作历史上都占据着十分重要的位置,不仅数量居多,而且质量也属上乘。因此,讨论阎欣宁的创作,首先不能不讨论他的军旅小说创作。所谓军旅小说自然是着眼于作品题材而归纳成的一种小说类型,再往细点说则又有战争小说与和平时期的军旅小说之分。一般说来前者似乎更容易出彩,而和平时期的军旅小说的创作难度则相对要大一些。个中道理其实也十分简单:军人的职业决定了他们必然成为战争中的主角,而战场上那种生与死的搏斗又恰好为军人提供了一展身手的机会;一旦到了和平时期,生与死的搏斗、血与泪的洗礼等一系列最能使军人出彩的机遇则无疑要少得多,剩下的便只有铁打的营盘加上制式的生活。要想在这种整齐划一的生存环境和生活状态中别出心裁的确就要费一番脑子,而对作家来说,从事和平时期的军旅小说创作则无异于自己给自己出了一道难题。

阎欣宁的军旅小说恰恰面临了这样一道难题。在我所读到的他的军旅小说中,无论是刚刚出道时的一些中短篇,还是那两组标志着他个人创作长足进展的《枪队》和《极限》系列,除去插叙的某些细节外,其余无一不是以和平时期为其背景,既没有为新中国成立而发出的枪声,也听不到几年前响彻南线的隆隆炮火。他笔下的军人有的尽管身居前线,但却是箭在弦上,引而不发,其余的则只能是在与自然灾害抗争和修修堤坝等劳作中完成军人的职业。

我一直以为新时期乃至新中国成立以来的军旅小说

中,以和平时期为背景的军旅小说成功者不多,不仅不多,而且或多或少地形成了某种套路:一种我称之为"学雷锋模式",无非是在平凡的岗位上公而忘私、助人为乐直至英勇献身;一种我谓之为"回避套路",与其说这些作品的主角是军人,莫如说他们是农民。我无意在此就这两种模式本身说三道四,但如果一种小说类型仅只是由一两种模式构成,终究不能说是成功的。平心静气地说,阎欣宁创作起步时所写的那些作品也大体上没有逃脱上述套路的窠臼。这时他用以凸现军人形象的一个重要手段就是对比——人物的相互对比、环境的前后对比等等。《上马石》《黑马跳过界河》等作品中出现的是人物形象的对比,农皖明、卓进松、岳秋这些作品中的主角之所以得以凸现,在很大程度上是因为有了洪添诚、黄方、蒲天保、史文生等一批对应的人物做衬托。正是在这样的比照下,前者的公而忘私、乐于助人、积极进取等优良品质得到了充分的展现。而《横碑》《南望王师》则是借助于环境的变化对比将军人的艰苦创业精神烘托出来。尽管对比的手段在阎欣宁笔下被运用得十分娴熟,但基本格局仍然是在"学雷锋模式"中兜圈子,倘阎欣宁就此写下去,其结果虽可能在某一方面更加成熟,但个性的东西不会太多,而一个缺乏艺术个性的作家究竟能有多少前途其实是大可怀疑的。

值得庆幸的是,阎欣宁似乎很快地意识到了这一点。在他以后的创作中,对比的手段尽管还在使用,但另一种更属于他自己的东西却在迅速得以强化并终于由此而构成了总体上的突破,那就是放弃对军人表面形态和外在行为的描写,以某一物件为中介直接进入军人世界的内蕴。不过话也要说回来,以物件为中介来刻画和平时期的军人形象在阎欣宁早期的作品中就有了萌芽,比如《黑马跳过界河》中的象棋、《横碑》中的大坝、《鸟瞰点》中的邮票……当然,此时阎欣宁将这些物件调动起来只不过是将其作为自己所要讲述的故事的一个模子,物件在这些作品中还是一种外在的、硬贴上的存在,与作品中的人物并没有构成浑然一体的血肉联系。这样一种外在的、刻意的以物件为中介的方式一直到《枪手沉沦》的出现才开始有了质的变化。这部作品中的物件当然是枪,借枪写活了聂奎,很明显,枪在这部作品中不再是一个可有可无的物件,而是与作品主人公的形象难舍难分胶着在一起,离了枪而且还只能是63式自动步枪,聂奎的形象便毫无光彩可言,而没有了聂奎,枪又成了一个可有可无的道具。这种以物件为中介来写人并通过物件直接进入人物内在意蕴的方式,在阎欣宁此后的一些重要作品中得到进一步的强化,他终于找到了一种更属于他自己的操作和平时期军旅小说的方式。

　　物件在阎欣宁笔下是丰富的而无意拘于一种。它可以是实实在在的物,比如枪、棋子;也可以是行为,比如跑;甚至还可以是人,这当然是那些军人以外的人。可以说自《枪手沉沦》之后,我所看到的阎欣宁的一些描写和平时期军旅题材的小说,除《南望王师》是围绕老团长墓地的搬迁展现部队在改革开放、特区建设中所遇到的新问题之外,其余诸篇无一不是通过物件来状写军人风采的。一般说来,坚韧的意志、无条件的服从、对建功立业的渴望、富于挑战精神等都可视为最能表现军人内在意蕴的内容,而枪、跑步、对立的人则又通常伴随着军人的生活。因此,以这些物件为中介就有可能进入军人世界的内在意蕴,而不是停留在对其外在行为的捕捉上,《枪队》和《极限》这两组短篇系列与另一部中篇《座子》的成功充分证明了这一点。比如《枪圣》中的郑可达,他不似作品中经常出现的职业军人那样渴望上战场建功立业,即使在和平时期也依然对枪有着难以割舍的钟情与挚爱,用作品中的话说就是"情系于枪,魂系于枪",而且这一"系"就是那般执着,不为任何风浪所动,同时又是何等纯洁,不含任何功利。郑可达本有一手左右开弓、弹无虚发和"校枪"的绝活,可居然有一天会莫名地患上"厌枪症",这样的情节安排似乎不可思议,但作品中的一段议论恰恰为其做了注脚:"军人有时可能暂时不喜欢枪,但他们注定无法摆脱枪的魅力,这是一种超意识的艺术魅力,哪怕你的血管里尚武的汁液早已流淌殆尽,只要你还承认自己是军人,那就不得不为之心动!天生属于争强斗勇的军人和军人的枪,信服的就是这种交谈方式,崇尚的就是这种语言。"如果说《枪圣》是通过枪这个实实在在的物件而进入军人内在意蕴的话,那么《极限》三题则是以跑这一行为为中介。作品中的"黄组"要对三个不同类型的步兵连进行一次带有试验性的抽查,即温区部队连建制在高温下负重的越野能力极限。抽查的结果颇具戏剧性:以越野见长的一连被红烧肉所击倒,中不溜溜的二连则为一个手榴弹的失踪而吓倒,倒是行将解体的三连为军人的荣誉所激励,跑出了威风。从表面上看,这似乎只是一个哀兵必胜、置之死地而后生的故事,但细细一想又不尽然,不该输的输了,该输的赢了,赢也罢,输也罢,这是作者的洒脱,并没有因此而影响我们认识他们的军人角色。而到了《座子》中,人也被阎欣宁作为物件来处置,通过两个儿童间的种种关系将军人那种富于挑战的精神境界展现得淋漓尽致。

只要对比一下阎欣宁这些作品与以往那些描写和平时期军旅生活的作品,甚至只要对照一下他本人前后的同类题材创作,就不难发现这样一个基本事实,即阎欣宁笔下的这些军人似乎少了点威武英勇之气,而多了点平常心,有时甚至还有那么点莫名之处。枪手聂奎只有在操持63式自动步枪时才能发挥自如,而且是一种古里古怪的打枪动作加上说不清的梦境;郑可达用枪如神,却又不可思议地患上了"厌枪症"……这些稀奇古怪的作为与我们头脑中的军人概念好像相去甚远,然而转念一想,他们为什么又不能是军人呢?又有谁能断言军人只能是这种样子而不能是另一种模样呢?我无意否定那种威武、英勇的军人形象的塑造,而只是以为阎欣宁通过自己的艺术方式为我们提供了另一种军人类型,况且对他来说这是一种更富于个性的艺术方式。

三

伴随着阎欣宁在职业上军转民时间的推移,他创作中的"军转民""产品"也逐渐增多。这并不奇怪,虽然多年的军旅生活还在紧紧地缠绕着他,可新的地方生活同样也在给他以新的刺激,这就有了《自然村》《游戏三昧》《白领精神》等作品的面世。透过这些作品,我们既看到了阎欣宁创作中一以贯之的东西,也感受到他又在试图有所变化的律动。前面谈到阎欣宁后来的军旅小说中常渗透着一种通达洒脱的态度,这一点在他的反映地方生活的作品中一以贯之,并且有时还强化成一种戏谑、一种幽默。《自然村》是两部同题小说,主人公都是退休干部白正文,但性格却截然不同,这种对比本身就是一种幽默;《游戏三昧》于游戏、戏谑中蕴含着对人生、人际关系的思考;《白领精神》中的主角项苏芬看似活得沉重,但作品整体同样有着一种淡淡的幽默。或许是"军转民"的时间还不够长,阎欣宁这一类作品的成就似不及他后期的军旅小说,这主要表现为富于个性的东西不多,《游戏三昧》中的《诺言》失之于浅,《白领精神》失之于露,凡此种种,都有待于他的继续操练。

面对市场经济的冲击和文学的不景气,身居特区的阎欣宁倒是能够沉住气,不为时尚所动,潜心于自己的文学创作,这自然是弥足珍贵的。其实,面对商潮涌动,能够平心静气执着于文学本身就是一种成功,更何况阎欣宁有着一颗不安分的艺术心。只是我们对他的期待不应操之过急,他这以前的创作已经显示出了渐进的特点,突变和飞跃似乎并非他所长。

理想之光与显微之镜

——王小鹰和她的长篇小说《纪念碑》

我开始阅读王小鹰这部新长篇的未刊出稿时,作品名还叫《卫生麻将》。何为"卫生麻将"?这个词儿的意思我是明白的,并由此而先入为主地以为这是一部以上海市民家长里短日常生活为题材的作品。待终卷时才发现作品中虽有几处出现过作品中人一起玩卫生麻将的场景,也有就"卫生麻将"四个字展开的一点议论,但作品总体上与玩不玩麻将以及"卫生"与否几乎没什么直接关系。不过王小鹰既要以此为名就一定是有她自己的想法,这一点在卒读作品后也是可以琢磨得出来的。

不承想,到作品刊出时"卫生麻将"变成了作品下卷的篇名,而整部作品更名为《纪念碑》。当然,对一部长篇小说而言,如何命名对作品整体质量的影响几乎可以忽略不计。无非是《纪念碑》的命名比较直接,而《卫生麻将》则多少带有隐喻的指向。顺着这两种不同的指向,也为读者从不同的维度对其进行解读提供了某种引导。

《纪念碑》开篇,王小鹰写下了这样一句近乎"题记"式的文字:"世界上有一种英雄主义,那就是认清生活真相后,依然热爱生活,并为之而奋斗。"而接下来她所讲述的故事则十分生动而形象地对这句话予以了形象的诠释。

一

作品以史引霄和平楚夫妇一家六口人的日常生活为轴心,从史引霄这位"三八式"老干部在粉碎"四人帮"后复出,并成为十年动乱后首次由区人民代表大会实行民主投票选举出来的区长拉开帷幕,时而上溯到半个世纪前那场关系到中华民族生死存亡的抗战烽火,时而闪回至20世纪五六十年代那一场又一场接踵而至的"运动"风云,时而立足于不断走向深化的改革开放大潮……作品就是在如此闪转腾挪中收放自如地展开了一幅从抗日战争到改革开放朝纵深发展这长达半个多世纪的历史画卷。为这样一段波澜壮阔的历史留下一座文字的"纪念碑",确有必要。当然,作品并不是一种标准的史诗性结构，但又充满了史诗般的品格。

王小鹰笔下这曲史诗的调性明显地呈现出一种复调特征，其主调无疑当是一种浓郁的理想主义情怀。这当以史引霄与平楚夫妇和他们的四个孩子为代表。史引霄与平楚夫妇作为抗战时期就参加革命的老干部，在浴血战火中既历经了事关民族存亡的生死磨难，又在复杂的环境中遭遇过内部所谓阶级斗争的重重考验，最终史引霄不过官至一区之长，平楚也没有成为艺术大家，而当年他们的一些下级反倒是平步青云风生水起。尽管如此，这对夫妻的理想与信念、坦荡与求实却从来没有被灭，活得坦荡而执着、率真而单纯。而他们的四个孩子，无论是养女青玉的善良与温润、长子雪弓的奔放与执守，还是次女雪砚的内敛与韧性、幼女雪墨的率真与热烈……向上、向真、向纯与向善始终是他们做人与做事的主调。而在他们的战友、亲人和友人中同样也不乏这种理想与善良的执守者，比如元同与霜玉，比如姚雪琴与解红旗，比如水珠与麦娥，比如……

上述这些个人物的行为与心理共同奏响了一曲理想主义的颂歌，成为《纪念碑》鲜明而洪亮的主旋律。但与此同时,王小鹰在作品中又精心刻画和描摹了与史、平家族的言行不尽相同或截然相反的另一组各色人等的群像与生活场景。

比如在史引霄与平楚同时代的那一辈人中,有文兴汉一类当年位居史引霄之下但在新时期后却一跃成为"省级领导",这本算不上什么奇特,但从作品的描写中读者并不难感受到他们后来居上凭借的究竟是什么;有史引霄当年的副手何弱之虽明知历史的真相与事实,却碍于自己现在上级的需要而装聋作哑;有尽管只比史引霄小几个月却能接替她区长之位的余芳菲,无非就是因为自己再嫁了一位彼时依然权高位重的长者;有虽勤勉但却平庸的区办公室主任钱龟龄何以从这个位置一步步登上区长的宝座;有副区长的徐亦道又是在史引霄退休后如何逐步滑向罪恶的深渊……

比如在与史引霄子女的同代人中,有从高才生、优秀学生干部成功进入公务员队伍后又迅速堕落的宋嘉本,有在政治风云或时代变迁中明哲保身、摇摆不定、投机取巧、贪图虚荣的南渡、马英华、姬瑜和晏枰等。

这样的两代人同样也是活生生地蹦跶在我们的日常生

活中。对此人们或许早已司空见惯、见怪不怪,甚至还会认为这些人更懂得所谓"人情世故"。但王小鹰在《纪念碑》中则是无情但又不动声色地将他们置于显微镜下——予以检视,不仅如此,有时更是刻意地将其与那些理想的执守者置于同一场景中以形成鲜明的比照。比如,围绕着关于寒城是否应该作为抗日英烈在"国民革命军新编第四军苏北军区抗日阵亡将士纪念塔"上留下英名一事,如果说过往还存有事实不清、结论不明的疑惑,那么到粉碎"四人帮",一切事实皆已分明的大背景下,为了给寒城恢复应有的名誉,平楚不断向上级领导机关去函陈述事实却依然无果,愤懑至极触发脑溢血,史引霄据理据实向已成为省领导的文兴汉力争又遭推诿;同样还是这位文兴汉抗战时在茆围子区明明只是史引霄手下的一个财粮科长,但在自己成为省领导后的回忆录中竟硬是生生地将自己描绘成时任武工队队长,而明知事实真相、当时也是文兴汉上级的何弱之面对史引霄的诘问时竟然打起了太极。

正是因为王小鹰将上述两组人物不动声色地置于同一历史与现实的场景中,才使得她笔下的这座"纪念碑"立体而丰满,也使得人们对这部作品有了进一步言说的空间。

二

《纪念碑》中充盈着浓郁的理想主义情怀,这是显而易见的。客观地说,这样一种满怀饱满理想之光的写作在当下整体的文学创作中的确不多见,而且也比较容易被戴上"不真实""粉饰"之类的"桂冠"。本人作为20世纪50年代生人,在情感上对此类不满的情绪当然是能够理解的,毕竟我们曾经见过太多矫情的"假大空"之作;但理性地看,充盈着理想之光的写作本身并非罪过,重要的看作者"怎么写"。浪漫主义作为18世纪末到19世纪初西方近代文学最重要文学思潮,其一大显著特征就是抒发对理想世界的追求,拜伦、雪莱、雨果等一批文学大师正是在浪漫主义的大旗下为人类留下了自己的不朽之作,与巴尔扎克、狄更斯、司汤达等一批现实主义文学高手共同构成了19世纪世界文学史上一道亮丽的景观。那个时期正是因为有了浪漫主义与现实主义的双峰并峙、相映生辉,才得以将彼此的文学之长给展示得淋漓尽致,才使得那时的文学世界绚烂而夺目。

回过头再来看《纪念碑》。王小鹰在自己的这部新作中对理想不遗余力地予以张扬的确是一种客观存在,如何评价这样一种创作姿态?我们既要看作者将作品置于一种什么样的背景或场景,更要看作者又是秉持一种什么样的基本立场和态度。

如前所述,《纪念碑》是以史引霄与平楚夫妇一家六口人的日常生活为轴心,而在这轴心之外既有时间上往前的闪回与追溯,也有空间上的拓展与延伸,包括史、平两个家族及各种社会关系在新中国成立前烽火硝烟中的生活,以及新时期开始前各自命运的跌宕起伏。而如果以出现在作品中的人物来划分的话,大致又有坚守理想的坚韧前行者,以及由革命到或消沉蜕变,或摇摆犹疑,或明哲保身,或平庸度日这两大类。作品的整体结构虽呈现出浑然一体的外观,但其人物与故事在价值观上的双线乃至多线运行之轨迹同样也十分清晰。

正是因为有了这样丰富的场景和不同类别人物的并存,《纪念碑》中对理想的坚守或对理想主义的张扬读起来就并不觉得突兀和虚假。更何况作品还用了不少笔墨来刻画那些精神意志或消沉蜕变,或摇摆犹疑,或明哲保身,或平庸度日者的种种所作所为,一些细节的捕捉也入木三分。

比如余芳菲在改嫁给一位老领导后的那副做派,比如钱龟龄在周旋于几位区长与副区长之间的那种八面玲珑,比如徐亦道在史引霄人前人后的两张面孔……这些为正常人所不齿的行为虽只是少数人所做,但又恰是当今社会世相的一幅缩影。这些个场景和细节出现在《纪念碑》中,王小鹰显然是经过了悉心的观察,并用或冷峻或戏谑的笔触将其惟妙惟肖地表现出来,其间渗透着的批判性不言而喻。正是因为有了这样的铺陈与比照,作品中那种强烈的理想之光就既不觉得刺眼,也不感到虚假。人们常以"现实之不足,理想来补齐"这句通俗易懂的话来解释18世纪浪漫主义文学那种理想光辉出现的缘由,将这样的解释用于《纪念碑》,在我看来不仅只是作品的一种客观存在,同样也是恰如其分的。

一方面张扬理想主义之光芒,一方面冷峻观察与解剖社会现实之不足,这才是《纪念碑》的整体调性,也是这部长篇小说的创作得以成功的基本保障。不妨设想一下,如果只是一味地理想热血偾张,且不说是否存有虚假伪饰之嫌,单薄则是无疑的;而反过来,作品倘若仅只是沉溺于对当下社会生活中种种负面阴暗现象的揭露与批判,则同样也会显得单薄与肤浅。因此,理想之光与显微之镜这两种工具在这部作品中的运用的确互为依存、互为表里,两者缺失任何一面,另一面自然就会相应逊色许多,甚至走向负面。

三

有必要简单说几句"卫生麻将"这个在作品中出现虽不多但我以为还是颇有意味的隐喻。

在《纪念碑》中,王小鹰一本正经地录用了所谓"佚名牌友"关于麻将的几句"箴言"作为"下篇"的开局:"入麻将局,如入红尘/炼品炼性,方圆动静/方如行义,圆如用智/动如逞才,静如遂意/得勿骄狂,失亦坦荡/浑涵宽大,斯为上乘。"在实录过这些"箴言"后,这个王小鹰还唯恐读者不解其意,又在作品行将结束之际借雪墨之口围绕着麻将说了几句白话:"打麻将输赢,关键看人的品性和素养。上了牌桌要持重冷静,得了好牌不要喜形于色,出错了牌也不要懊丧后悔。侥幸和了牌愈是要谦恭,被罚了张也不必愁眉苦脸。"除去这一文一白的"麻将经",《纪念碑》中还出现过几处史引霄和她的邻居一起玩"卫生麻将"的场景。说实话,从整体构成来看,将这些有关"麻将"和"卫生麻将"的"理论与实践"统统删去,对《纪念碑》整体的实质性影响并不大,但王小鹰却偏偏不放弃这些看似"闲笔"的处理,由此再联想到作者一度甚至还要以"卫生麻将"四字作为整部作品的主标题,可见王小鹰一定是有自己特别的考虑了。

"麻将"者,本是一种智力游戏,再加上"卫生"二字,就更是一种有益的智力游戏了。但凡游戏者,必有自身之规则与奥妙,遵者胜,违者败,当是一切智力游戏之通则。我主观地臆想:王小鹰之所以如此执念于此,是否将人生也喻为一场"游戏"呢?人生者,其实不外乎做人做事,这同样需要规则,而人生之规则无非伦理、道德、法律……既然有规则,自然也是同样的遵者胜,违者败。《纪念碑》中芸芸众生的命运结局无论是为官还是为民、权重还是位轻,莫不如此。这些道理看似"心灵鸡汤"一类,但何尝不是对人生悟透后的一种提醒、一番警示?

如果说对《纪念碑》还有什么挑剔的话,那么我以为某些地方、某些场景是否还可以处理得更凝练一点?现在全书近50万字,作为一部长篇小说,虽不能言太长,但就实际内容来看，适当地浓缩一点效果或许会更好，更何况也的确存有可压缩之空间，比如对战争年代那些场景与事件的回溯部分，新意并不太多，如此这般，倒不如点到即可、意到即止，其效果未必比现在这般铺陈要差。此外，作品现在以一场因"婚变"而引发的爆炸事件为开局，似乎要留下一点什么悬念，或是意欲形成作品一开场就揪人的效果，只是卒读下来作者的这种预设恐怕并未达到这样的预期。就全篇而言，这个事件不是不可以写，但置于作品开局，的确意义不大，反倒是对作品整体叙事的流畅造成了某种阻滞。

意见未必就对，仅供王小鹰参考吧。

王华的"新变"

——从王华长篇小说《大娄山》说起

一

对王华长篇小说新作《大娄山》的阅读，首先勾起的竟然是我对近二十年前一段往事的回忆。

大约还是2005年前后，我刚开始接手《当代》终审工作不久，一位来自贵州的女性作者王华创作的长篇《桥溪庄》引起了我的注意。缘由其实很简单，也有点小"势利"：王华这个女作家其名对我这个好歹也是吃了二十余年文学饭的半"资深"者而言竟然一片空白，而且一上来就是长篇，而且还是要发在有文学期刊"四大名旦"之一之誉的《当代》这样重要的杂志上……这些因素的叠加，不能不引起我的好奇和"格外重视"，毕竟我也是刚接手这本大型文学名刊的终审工作,"造次"不得。于是先认真看了一下初复审编辑签发的送审陈述,再进入对作品的终审。说实话,刚进入时的阅读感觉并不是很好,文字语言虽质朴,但也未免太质朴太不讲究;耐着性子往下看,直至终了,扑面而来的基本就是一连串毛茸茸的乡村底层生活,特别是那种生活的艰难乃至苦难,不仅有一种清新感,且还十分抓人。说实话,对这种稿子,无论取舍都各有其理由,也各有其风险。考虑到自己刚接手《当代》的终审工作,只要作品内容导向没毛病就还是尊重初复审的意见吧,毕竟他们也都是资深编辑了。于是,也就签了同意发稿但需再做些剪裁的意见。不曾想到的是,过了不久,在送上来的终审稿中,竟然又有王华的另一部长篇《傩赐》,而作品的基本状态无论是特色还是不足与上一部也大体差不太多。一家知名的文学双月刊,在不到一年的时间内连续推出同一个作家的两部长篇,且作品基本品相又差不多,对编刊人而言,这个动作本身就有点不合常规了。于是,不得不叫来相关编辑讨论一番。当然,我反对的并不是稿件本身,而是如此集中使用,而责任编辑却认为:当时国内文坛,偏于一己之小情调、小格局的作品不少,而关注民生,特别是关注社会底层的则不多,王华这些作品最大的优势就在于一头扎进社会底层,内容鲜活、情感质朴。以关注现实、关注民生为自己办刊重要追求之一的《当代》集中推出这样的作品,就是要释放我们"文学关注民生"的鲜明主张。这个理由我当然认同,《当代》自创刊以来,在老主编秦兆阳的带领下所形成的这个特色在业内也是众所周知。是责编的理由及《当代》的特色说服了我,以至于王华这个在当时还默默无闻的作家一年内竟两次占据了《当代》的长篇位置,这种现象在当时所谓"四大名旦"中还是十分鲜见,以至于有敏感的媒体记者就这一现象还专门采访了王华的责任编辑。

说实话,如果没有现在对《大娄山》的阅读,这段往事我已几近遗忘;而本文开篇之所以不厌其烦地对其予以回述绝不是为了炫耀什么,而只是想表达如下这样一个基本意思:《大娄山》出自王华之手绝非偶然,而是她自身创作合逻辑的一种健康生长。

二

在谈到《大娄山》的创作时,王华有过这样一段夫子自道:"2020 年 11 月,我接受省作协交办的任务,去写那些在脱贫攻坚战中牺牲的人。就是说,我要去写一部英雄谱。可是我要说,他们真不是英雄,他们就是一群普通人,跟我们一样普通的普通人,也像我们一样在日常工作中寻找着那点日常的意义。"(原载《长篇小说选刊》2021年第5期)而在我看来,尽管王华这次创作的直接触发点是缘于需要完成一次"交办的任务",但这"任务"能否顺利完成,特别是完成的质量如何,则完全取决于她过往生活的积累以及创作的修为。尽管迄今我还从未见过王华其人,但对《大娄山》的阅读,一方面让我看到了一个似曾相识的王华,既有点熟悉又不敢完全相认;另一方面我也在想,如果没有过往近二十年的创作历练,《大娄山》会是现在这个模样吗?这同样也是我在本文开篇要回溯往事的另一个重要原因。

《大娄山》在当下被归入脱贫攻坚类的"主题创作"或"主题出版"一族,这当然是实至名归。但我想说的是,对王华个人而言,这其实只不过是她长期从事文学创作的一种自然延伸。《大娄山》的问世可谓水到渠成,而并非领受了某种任务后的急就章。

对像我这样一个长期以文学为职业的读者而言,在我读到的同样以脱贫攻坚为主题的长篇小说中,尽管大主题、大题材都相差无几,但这种近乎"同题作文"的比较其实是很容易见出高下的。《大娄山》确是其中为数不多的写得比较从容,比较自如,比较会因地制宜抓重点、突出主干的长篇小说之一,或者也可以说是一部十分小说化的小说。这种判断的潜台词说白了也就是还有另一些以脱贫攻坚为主题的长篇小说急就章的痕迹比较明显,小说化特征不够鲜明,更近乎非虚构,但又套上了一件虚构的马夹。

《大娄山》的基本故事并不复杂。土平县委书记姜国良眼看自己几年的努力就要开花结果,只等脱贫"摘帽"一纸证书的下达,结果却在这个重要节点上被上级平调到相邻的娄山县任书记,且如何有效治理该县一两个乡镇的顽疾还是能否打赢全县也是全省脱贫攻坚收官之战的关键症结之所在。在这种特定的时空情景当中,姜国良思想上有一点点小波澜很自然,王华没有回避这一点,但同时更着重表现他临危受命,到任后又是强忍自己丧母之痛,和其他扶贫干部一道深入结对帮扶,以情感人、以理服人,终于以娄娄、王秀林等扶贫干部先后因公殉职的巨大代价,换来了碧痕、月亮山等贫困山村如期脱贫,赢得了娄山县脱贫攻坚的全面胜利。

这样一个故事其实也是许多以脱贫攻坚为主题的长篇小说的基本框架。但《大娄山》之所以能在这批作品中不同凡响、脱颖而出,在我看来,主要得益于王华长期以来所坚持的现实主义创作原则,以及潜入生活,对底层和民生的长期关注,并由此生发出的讲好新时代中国故事、展示中国精神和塑造中国新人的一种艺术表现能力。

三

会写人。所谓"会写人"之"会",不是拔高,不是神化,相反是还原人之常情、入乡随俗、落地生根。比如县委书记姜国良即将步入自己人生的高光时刻——不仅带领土平县成功脱贫,而且创造性地留下了几经实验培育出的适宜本地自然条件的娄山羊养殖这一可持续致富的产业。凭借着这样的业绩,他不仅没有"遭到"提拔,甚至连一纸表扬都没见到,就被直接平调至邻近的自然条件更艰苦、人文环境更复杂的娄山县任职,还背负着攻下全省最后一个贫困堡垒的重任。此时不仅妻子李青不太理解,他自己也不是完全没有那么一点"活思想",只不过是不流露而已。这样一种不动声色的拿捏与尺度虽看似不那么昂扬，其实十分准确到位。这才是一个普通人最正常不过、最贴合人性的本能反应，可信可亲。

《大娄山》中的鲜活人物绝不限于姜国良"这一个"，在他身边，王华还配备了一组具有不同代表性的人物群。月亮村的大歹主任和村支书雷鸣，来自北京的扶贫干部王秀林，到碧痕村先后任职的第一书记娄娄、龙莉莉，以及"三支一扶"干部周皓宇、火炮妹，以及马鞍沟镇原副镇长、现城关镇金山社区副主任周以昭，花河镇镇长李春光，娄山原副县长陈晓波等。这些个基层乡村干部群个个有血有肉、性格特征鲜明，如同那个曾一度被解职的周以昭，竟可以索性待在家里昏天黑地地写起了网络小说，连县里来电话都懒得去接……

王华也不回避在这场战役中的流血与牺牲：从北京下来的扶贫干部王秀林；从县里开会回村却连人带车坠入深深山谷而以身殉职的娄娄；曾因在脱贫数据上作假而被降职，在一次事故中为搭救同事而献出了自己的生命的副县长陈晓波；因过度劳累猝死在工作岗位上的花河镇镇长李春光……

尽管我没有直接问过王华,但我可以确信,这些鲜活的人物一定不完全是来自为这次创作而进行的专项采访,绝大部分应是出自王华平日里的积累与多年写作经验的调动。只有这样,才能真的做到"会写";也只有这样,出现在作品中的人物才是鲜活的,而非概念式的,是呼之欲出的,而非临时塑造的,是厚实的,而非单薄的。

四

善抓点。完全可以想象,娄山县之所以成为其所在省长期贫困且是最后一个有待摘去贫困县"帽子"的"难点",这个"难"就一定不是单向而是多方面的缘由,在"摘帽"过程中需要摘去的"帽"也一定不止一顶,而是好几顶。这些个"难点""堵点",在真实具体的脱贫攻坚战中当然都需要逐一去攻克、去打通,但小说创作如果依然也逐一"克隆",则一定会臃肿不堪。选什么点?抓哪几个点?有效形成以点带面的效果,就成为《大娄山》在写好人物的同时另一个关乎作品成功的重要支点。

在《大娄山》中,王华的不少描写都给我留下了较深的印象,但其中的两场"戏份"在我看来则足可作为回答娄山县之所以成为其所在省长期"贫困"之"贫",且又是最后一个有待摘去贫困县"帽子"的"难点"之"难"的关键节点。

一场"戏份"的主角由花河镇松林村的村民刘山坡担纲。这个聪明人早在两年前就不住在村里那既旧且破的老房子中了,因自己不属于贫困户而享受不到贫困户可能得到的待遇,刘山坡心中便开始盘算起了小九九:"那些贫困户不花一分钱就住进了县城,房子还宽宽敞敞漂漂亮亮,那不等于一跟头趴下去,嘴上就咬到一块银子的事吗?为啥不去争取啊?"于是,他便故意拉着老伴重新住进村中那老危房,"开始了充满耐性的死磨烂缠"。在一般人眼中,这当然就是一个又臭又硬又滑的"刁民",但县委书记姜国良却认为,刘山坡的行为恰恰说明了群众觉得国家的政策好,他现在之所以还在"耍赖",只能说明"我们"的工作还没做到他的心坎上去。为此,镇长李春光开始了一连串的"暖化+软化"工作,请他到羊肉粉馆吃早餐,自己吃的是什么都不加的那种最便宜餐,而为刘山坡要的则是价格最贵的"全家(加)福",晚上甚至还让老两口住进自己家……正是这种坚持不懈的春风化雨般的暖化工作,让这个"刁民"的心终于开始软化,他领养了一群羊,在养羊中自得其乐。镇长李春光又趁机买了两只小鸭子,请刘山坡老伴替自己养大……

另一场"戏份"的主角则是月亮山村中的一位关键人物——巫师迷拉。这也是一个需要整体搬迁的山村,在这个过程中所遭遇的障碍则远比前一场"戏份"中那所谓少数"刁民"的阻拦要复杂得多。迷拉因其在村民心目中的某些"超能力"而形成的至高无上威严,也根本不是一般的"送温暖"所能感化的。尽管如此,下沉扶贫干部的工作还是从服务与暖心入手。从北京来到这里的第一书记王秀林既毫无基层乡村工作经验,也听不懂当地语言,他就从最质朴的事情做起,每天一早起来捡拾村中地上的大粪,一一动员村民穿上鞋子,特别是为了医治迷拉侄女丙妹的失语症,不惜让自己还在读中学的女儿亦男专程前来和丙妹交朋友,带着丙妹先进省城后上北京医治……这些善举迷拉都看在眼里,他再也无法拒绝这样一位好人与自己的接近。另一方面,政府在整体搬迁过程中也充分考虑到村民们的传统习俗,为他们专建了一个名字也叫"月亮山"的小区,搬迁后的村民依然可以住在一起,小区后面的山坡还可以供村民们种草栽树过"茅人节"。扶贫干部的细心工作、政府的这番诚意终于感动了村民,月亮山的整体搬迁基本完成,只留下迷拉和丙妹以及村干部王秀林。最后,在大娄山第一次出现"幻日"的那一天,巨大的泥石流随着暴雨一道袭来,本已带着丙妹跑到了安全区域的王秀林为了救出还滞留在村中的迷拉,毅然折返村中,不幸被泥石流掩埋而身负重伤,最终不治而壮烈牺牲。也就是在这一刻,迷拉破天荒地为他落下了眼泪,丙妹竟然脱口喊出他的名字,恢复了发声的能力……月亮山村的整体搬迁全部完成,娄山县也得以成功实现整体脱贫。

《大娄山》用26个章节交替讲述了月亮村、碧痕村、花河镇和马鞍沟镇摆脱贫困的故事,他们摆脱贫困的路径虽各有特点,但在我看来,王华重点着墨的上述两场"戏份"则更是各有其代表性。花河镇刘山坡的所谓"刁"在我们广袤的乡村,因其长期以来的小农经济历史和极贫的生存环境中之存在绝非个别现象,俗话所说的"穷怕了"在某种意义上正是滋生这种"刁"的土壤,因而能占点便宜就是一点便宜,不占白不占是其共同的心理。正是这样一种"集体无意识"在某种意义上更是增加了我们打赢脱贫攻坚战的难度,而且越是极贫的地方,农民的这种心理越普遍、越严重,脱贫的难度就越大,成本也越高。而月亮村因其地处少数民族聚居的偏远山区,长期以来处于一种景色虽独特,但交通又十分闭塞、风俗迥异的特定环境,长期存在的民族传统文化和精神家园的坚守与现代文明和文化再造之间必然存有多种纠葛和文化冲突的矛盾。解决这类地区的贫困问题,客观上就存在着一个如何处理平衡好文明启蒙和非物质文化传承与保护的关系的问题。

《大娄山》讲述的中国式脱贫故事当然不止于月亮村与花河镇这两个点,包括县委书记姜国良不仅只是满足于各项脱贫指标的一时完成,更是立足于为这些贫困地区培育一个长期可持续发展的产业,而持续精心培育娄山羊这个场景虽不是那么惊心动魄,但同样也是别具匠心。王华也正是因其精心选择若干在脱贫攻坚战中具有某种代表性与普适性的点展开重墨书写,才使得《大娄山》得以从众多的脱贫攻坚题材长篇小说中脱颖而出。

五

从 2015 年 11 月 23 日中共中央政治局审议通过了《关于打赢脱贫攻坚战的决定》,到 2020 年 11 月 23 日贵州省宣布所有贫困县出列,至此,中国832个国家级贫困县全部脱贫"摘帽"。这样的壮举当然是我们这个时代最为重大的主题之一,理所当然地应该成为当下文学创作最为重要的命题之一。

命题固然重大,但文学创作的介入绝不意味着只要表现了这个重大的时代命题就是成功的、优秀的。广大作家对如此重大的时代命题投入巨大的热情与时间、精力固然可贵,但更重要的还要看其能否个性地、艺术地、富于感染力地表现这个主题。所谓主题创作成就的高下绝对不是题材选择与数量多少之类的外在指标,更是要在主题鲜明突出的基本水准上比拼艺术感染力的高下。这也就是毛泽东同志《在延安文艺座谈会上的讲话》中一针见血地指出的:"缺乏艺术性的艺术品,无论政治上怎样进步,也是没有力量的。"王华的《大娄山》之所以能从众多的脱贫攻坚主题类创作中脱颖而出,其中具有决定性作用的就是较好地处理了主题鲜明与艺术表现之间的关系。

作为贵州籍仡佬族作家的王华对位于云贵高原上的大娄山自然十分熟悉,对这里的山山水水、这里的父老乡亲存有真挚的情感。然而,这一切都只是她能够高质量完成有关这里脱贫攻坚主题创作的基本条件之一,与此同样重要甚至更为重要的还在于她如何将自己熟悉的生活与真挚的情感艺术性地呈现出来,没有后者的相对成功,就绝不会有《大娄山》现在的魅力。

如果仅只是从作品的环境、生活、人物与事件等要素看,创作《大娄山》的王华与我近二十年前看到的王华,其差异并非存有天壤之别;但在如何选择、如何整合、如何呈现等环节,今昔两个王华之间的确又有了不小的变化。如果说《大娄山》开篇部分还存有王华近二十年前创作的某些痕迹的话,那么愈往后一个近乎脱胎换骨的王华就愈明显。这句话说得直白点也可以理解为,作为一部长篇小说的《大娄山》,愈往后愈精彩,起始部分则多少还凝练不够,略显平与赘了一点。

无论是王华自身创作的变化,还是整个有关脱贫攻坚主题类小说创作的现状,其实无不共同彰显着一条最质朴的道理:文学创作的成功之道既永远不在数量的多和体量的大,也不仅是只看主题的正确和突出。既然谓之文学,那么只有文学性越高、艺术感染力越强、个性越鲜明的作品,才会越有利于对欲表现主题的张扬,才能越拥有更广大的读者与更持久的生命力。在从艺术"高原"向艺术"高峰"攀登的过程中,能够最终登顶者同样也不例外。

游走于乡村与都市的锋刃上

——钟二毛中短篇小说集《回乡之旅》读后

钟二毛的这部中短篇小说集《回乡之旅》，其组成不复杂，3部短篇加2部中篇，短的够短，中的也不是太长，而且叙事的空间莫不集中在游走于乡村与都市的锋刃上。这里我之所以要用"锋刃"二字，是因为钟二毛笔下的乡村与都市都不是一般的场景，这些个场景在现代化背景下表现为十分极端的那一条线，这也使得钟二毛的作品有了令人咀嚼的魅力。

尽管同是游走在乡村与都市的锋刃上，但《回家种田》《死鬼的微笑》《回乡之旅》3部短篇的主调基本如同作品标题所示，集中在"回乡"这个词儿上；而2部中篇的主旨则大抵定格于"立足"，乡村在作品中起到的只是反衬的作用，当然这不是一般的反衬。

读钟二毛的这些作品,不时有似曾相识之感。的确,在中国现代文学史和19世纪欧洲现实主义的写作中,都出现过不少一面渴望着从乡村走向都市,一面又怀念乡村那田园牧歌式生活的作品。在当时那些个作家笔下频繁出现这样的主题,联系到他们置身的特定时代是不足为奇的。但20世纪70年代后半叶出生的钟二毛竟然依旧钟情于这样的写作,且在70后一代作家中鲜明地表现出特立独行的一面,这就有点意思了。

在钟二毛的3部短篇中,共同出现了一个叫"月拢沙"的地方,这个位居大瑶山下的小村庄,现如今则"只容纳两种人——"老人、孩子","田都包给外地老板搞养猪场了"。于是,《回家种田》中的"我"虽在深圳打工,无论是在工厂还是公司,因其是"正宗的高中毕业生,有文化",应付那些简单机械的工作倒也绰绰有余,倘就此安身立命,生存下去总是没有问题的。"我"却总有一颗莫名躁动的心,炒了工厂炒公司,跑到香港想看看新鲜,却因不谙那边规则而险陷囹圄,回到深圳后又被城管呵斥为"一帮农民"。"我一直不知道,这些城里人,为什么总喜欢骂人'农民'","农民不种谷子,你吃条卵"!于是,"我"决心回到大瑶山,回到月拢沙,"我想告诉爷爷,告诉田野:我回来啦"。但不曾想到的是,爷爷见到孙子的第一句话竟然是:"你这么早回来,搞什么卵子?"

如果说《回家种田》中的"我"回家后只是没了活干,那么《死鬼的微笑》中的"男人"则干脆就是回不去了。这个在深圳从事"蜘蛛人"职业的男人在一次高空作业时获悉儿子高考上了本科,乐极生悲,失足身亡。为男人料理后事第一次进城的她常听男人生前讲"城里人过得好、潇洒,出去都吃大龙虾,住大酒店","她要让男人做一天城里人",于是"她去城里干了三件事:吃龙虾、住酒店、找小姐"。这个以喜剧形式呈现的故事着实令人心酸,但无论如何,类似男人那样彻底回不去了的则绝非个案。

相比于这两个男子,《回乡之旅》中的"我"无疑要幸运得多。这个在乡村家境还算过得去的青年高考去了北京,大学毕业又分到深圳工作,只是因为在一次竞争上岗中受了点小挫折,于是决定利用清明假期回家看看。一路上"我"沿着自己从小学到中学的足迹优哉游哉地往家去,这里"尘封着青春往事。把这些往事过一遍,是这次回乡之旅最大的收获,也是这些年最大的收获。要说它值多少钱,我想说……无价。因为,它让我仿佛又活了一回"。看上去,"这种感觉真好。感谢这次回乡之旅",实际上,作品中却清晰地透出一丝淡淡的忧伤,"我"的"回乡"不过只是在异乡遭遇风浪坎坷时企望凭借怀旧得到一时精神的慰藉。回其实是回不去了,剩下的无非只是心灵中存留的那一点点残片。

如果说,钟二毛的这3部短篇都是在执拗于"回乡",那么他的2部中篇则是着眼于如何在都市"立"下来并呈现出截然不同的选择取向。

《无法描述的欲望》中的主人公郭伟东,一个从小镇走出的青年,当过兵,复员后从包工头做起,生意越做越大的他却开始信上了佛,如果不是自己经营的南国苑大酒店遭遇意外需要他出山摆平,他也许就此告别俗世。不曾想到的是这个突发事件后的一连串"遭遇",为了自己的经营能够得以持续,郭伟东不得不周旋于与自己出身差不多的各种老板之间,整日里花天酒地、男女情场。于是,吴老板锒铛入狱,商会会长季老板逃往国外,自己也险遭杀身之祸。这个在欲望的海洋里捡了一条命爬上岸的郭伟东最终以发起"蓝绸带"基金而自赎,总算在城里立了下来。作品中的那些老板一步步走向深渊的缘由正如标题所示——无法描述的欲望;这其实也可以反过来讲,当年他们走向成功的动力或许同样也是这"欲望"二字,只不过在通向成功的道路上,人们更喜欢用"奋斗"或"理想"来描述而已。

《爱,在永别之后》表现的虽然也是几位出身于外地小镇的青年学子在北京立足的故事,但其主题则与《无法描述的欲望》截然相反,如果说后者提出的是对欲望的警示,那么前者张扬的则是绝对的纯爱和绝对的励志。新田从大学毕业后在北京发奋工作而过劳猝死,为了缅怀新田,恋人青竹决定帮他完成曾经许诺的大学毕业五年内要实现的五个愿望——午夜飙一次法拉利跑车,酒吧偶遇女明星,向高中班花显摆,化解冰冻了十年的父子关系,骑行雪山。更要命的是,这时距新田毕业五周年的时间只剩下了三十天!然而就是这看似不可能完成的五个愿望,青竹硬是凭着爱的信念创造了奇迹,而且她对爱的执着还深深地感动了新田的朋友和与此相关者,比如法拉利车主007、流行歌星曲冰冰等等,是大家携手才共同完成了这曲爱的协奏曲。再往后，青竹和她的朋友们都在北京站稳脚跟，过上了幸福的生活。

经过这样一番梳理便不难看出，如今钟二毛在乡村与都市间的游走，明显不同于本文开始提到的中国现代文学史和19世纪欧洲现实主义写作中出现过的那种徘徊于乡村与都市间的作品。这一点也不奇怪，时光毕竟流逝了一个多世纪，人也不可能重复踏进同一条河流。但钟二毛的这些作品让我们不能不思考的依然是乡村与都市这一对既无法割舍又始终对立的空间，而隐藏在这纠结背后的成因骨子里还是两种文明的冲突，当然这种冲突必然随着文明的进化而不断变异。当下我们尽管在进行着新农村和城镇化建设，但不同文明间缝隙的弥合显然又不是单一的物质文明建设所能左右的，心灵、精神和文化间的沟壑如何填充与打通当更为艰难。在钟二毛笔下，无论是"回乡"还是"立足"，那种撕裂背后的动力莫不来自心灵。

最后还想说的是，钟二毛这部小说集的魅力除去精神的张力外，同时还来自他成功的叙事。3部短篇最长的不到9000字，短的则只有5000字出头，能够在如此短的篇幅中营造出如此大的物理和精神空间,这在当下短篇小说的写作中确不多见,作者兼容控制力与想象力的能力可见一斑。而《爱,在永别之后》的写作也很特别,这种颇具乌托邦色彩的写作风险其实蛮大,掌控不当便会落入造作与矫情的旋涡。但二毛胆子的确不小,任性地放纵想象,将童话当成现实来写,居然倒也不失为一家。在这种极致的状态下,读者反倒忽略了其真实性,不妨随着作者的狂想感动一回。而无论是节制还是放纵,其成功恐怕都得益于钟二毛的语言控制力,从这个意义上讲,小说果然就是语言的艺术。

辑四

一段兑现近四十年前承诺的佳话

——读马识途的《夜谭续记》

2020年7月4日,人民文学出版社推出了马识途先生的长篇小说新作《夜谭续记》,一时激起社会和媒体的广泛关注,而此时的关注大抵集中在以下三点:一是因新冠疫情影响而不得不停摆数月的出版业终于开始推出长篇小说新作;二是它的作者马识途先生此时已是105周岁高龄,早已过跨越耄耋而超过期颐;三是第二天马老正式宣告"我年已106岁,老且朽矣,弄笔生涯早该封笔了,因此,拟趁我的新著《夜谭续记》出版并书赠文友之际……郑重告白:从此封笔"。这些固然都是新闻点,只是在此之外,殊不知在这部作品背后还有一段兑现近四十年前承诺的佳话。

1982年,时年67岁的"小老作家"马识途先生在人民文学出版社出版了他的长篇小说新作《夜谭十记》,初版就印了20万,随后还跟着加印,一时颇为红火。于是,时任人民文学出版社的韦君宜社长亲赴成都找到自己当年的老同学并对他说:"《夜谭十记》出版后反映很好,你不如把自己脑子里还存有的那些千奇百怪的故事拿出来,就用意大利著名作家薄伽丘的《十日谈》那样的格式,搞一个'夜谭文学系列'。"马老当时就满口应允下来。但不幸的是,韦君宜随后突然中风,无力继续督促马老,加之马老自身公务繁忙,这个计划就一直被搁置了下来。

能被称为"佳话"者自然有其可圈可点之处,此话怎讲,暂且按下不表。对文学创作而言,重要的当然还在于作品自身的特色与品质。

说《夜谭续记》就不得不从她的姊妹篇《夜谭十记》谈起。今天的读者对这部1982年出版的长篇小说或许已有陌生感,但说起姜文导演的电影《让子弹飞》则似乎又会唤起一些年轻朋友的记忆,他们在电影中看到的那个神奇世界就源自《夜谭十记》中的《盗官记》。在这部作品中,马识途通过土匪头子张麻子(张牧之)在与地主黄天棒的较量中最终双亡这段惊险曲折故事的叙述,对旧社会花钱买官、搜刮百姓的社会现实进行了辛辣的讽刺。而整部《夜谭十记》就是以旧中国官场中的十位穷科员为主人公,通过他们轮流讲故事的独特叙述方式,真实再现了20世纪三四十年代的社会百态,十个情节离奇的故事直指政治腐化、贪污成风、官匪勾结、弱肉强食、人世险恶等社会丑态,文字简洁活泼,充满了黑色幽默的讽刺意味。需要特别提请关注的是:马老创作这部作品的时间是20世纪80年代初,对文学而言,那还是一个乍暖还寒的时代,在那种时代氛围中,《夜谭十记》对长篇小说创作结构方式、叙述调性和整体美学风格的探索与创新无疑具有开拓性和特别的价值。

2020年,《夜谭续记》终于面世,承接起近四十年前未竟之承诺。作品仍援旧例,所不同的只是讲述的背景转换到了新中国成立后,被新政府录用的老科员加上部分老科员的后代,又组织了个"龙门阵茶会"。这十来个科员在公余之暇,相聚蜗居,饮茶闲谈,摆起了龙门阵,仍以四川人特有之方言土语,幽默诙谐之谈风,闲话四川之俚俗民风、千奇百怪之逸闻趣事。上卷"夜谭旧记"中《狐精记》《树精记》《造人记》《借种记》《天谴记》五则继续讲述新中国成立前的故事,虽有批判旧社会专制、愚昧等旧观念、旧习俗的作用，但总体上则偏于旧社会民间故事的套路，重复处也不少，更多是为了满足市井草民茶余饭后之娱乐需求。下卷"夜谭新记"五篇则将故事延伸到了新中国成立后，风格与主题有承续，也有变化。《逃亡记》《玉兰记》《方圆记》《重逢记》《重逢又记》五则故事的背景多为新中国成立后不同的政治运动，故事的主旨则是这些大大小小的运动给人物命运带来的冲击与变化，没有了猎奇八卦，更没有宗教神秘的色彩，而是将人物置于社会变迁之中，在一些离奇巧合的情节架构中，呈现出个体命运的浮沉和人生的悲欢离合，充满了现实感。

从《夜谭十记》到《夜谭续记》，虽同是在摆龙门阵，依旧是一壶清茶、一灯如豆，讲述者看似有变，但背后的"操盘侠"依然是马老，叙述风格却从幽默调侃转向质朴现实。这是否意味着马老对人生讲述方式的改变？这个会讲故事的百岁长者，何以少了俗世传奇，多了人生冷暖？对此，我们或许可以从马老"封笔告白"录出的两句诗作中得到解读："无愧无悔犹自在，我行我素幸识途。"

作为结束，该回到本文标题《一段兑现近四十年前承诺的佳话》了。从《夜谭十记》到《夜谭续记》，这个由韦老太和马老当年约定的写作计划因为各种的阴错阳差一放就是近四十年,时间虽久远了些,但一诺千金,马老今年终于"谨以此书献给首创'夜谭文学系列'并大力推出《夜谭十记》的韦君宜先生,以为纪念"。不难设想,如果没有韦老太当年的知人善任和慧眼识珠,如果没有马老的一诺千金,两者但凡缺一,都不会有今天这部《夜谭续记》的面世,这段佳话在中国现代出版史上再次为出版家与作家共同创造一部文学佳作留下了浓墨重彩的一笔。遗憾的是,这样的佳话、这样的优良传统似乎正在与我们渐行渐远,创与编正越来越成为一种单向的上下游关系,作者不愿改稿、编辑不会改稿不敢改稿的现象比比皆是。表面上看这似乎是市场竞争激烈导致的,骨子里则是急功近利的念头在作祟,而最终受伤害的其实还是创与编双方。这样的感慨看似评价《夜谭续记》时的题外话,但一部优秀文学作品带给人们的启示往往就是多方面的,马老的封笔之作也是如此。

"情之至者文亦至"

——读《古典的春水——潘向黎古诗词十二讲》

家门老妹向黎又出新作了。这本《古典的春水——潘向黎古诗词十二讲》是她近两年在《钟山》杂志开辟《如花在野》专栏的结集,因而大部分篇章我平时也都浏览过。需要在这里坦白的是,当时对向黎的这类写作我是频频"泼冷水"的,鼓动她回到写小说的路上去,并煞有介事地声称"这类文字待你人生阅历更丰富时再来写当会更从容更饱满"。面对向黎的这段写作,我之所以持如此态度,不是因为她写得不好,而只是觉得写得太辛苦。尤其是这个专栏的前八讲多是以某种现象或状态为主题,进而集纳若干大诗人、名词家并辅之若干次一级诗人的相关锦句进行评说、比较与阐释。以《每一片落叶、每一瓣残花都被看见》为例,就先后集纳了刘长卿、杜甫、韦应物、韩愈、白居易、杜牧和李商隐等九位大诗人的佳作锦句,这还不算郎士元、司空曙等七八位二三流的诗人的诗作,如此阅读量和每则七八千字的篇幅,其间的"性价比"着实太低。现在,当向黎这部精美的《古典的春水》得以面世并获得广泛好评之时,我也再一次整体精读了她的这个古诗词赏读系列,内心确有点为自己当时的"功利"而感到汗颜,因而主动冒着自己其实并不擅长古诗词的风险而写下了这则文字。

比之于以往读向黎的《梅边消息》等同类著述,我直感上最大的一点不同就在于,明显感受到她在写作《古典的春水》这个系列时自我状态更加松弛,无论是情感的释放还是文字的使用,莫不举重若轻、自然溢出。且看《落落大方的宋,本色当行的词》这题,所涉主要诗人只有欧阳修和周邦彦两位。在我陈旧的知识储存中,这周氏又怎能和那有"六一居士"之号的欧阳修相提并论呢?后者乃北宋堂堂一代文学宗师,诗词文三箭齐发,并有发现与提携宋代大文豪苏东坡之眼光与气度,与这样的三朝名臣、文坛领袖相比,晚出生了半个世纪的周邦彦又怎能与之比肩?然而到了潘向黎笔下,这二位的关系却成了如下状态:"苏东坡的词,'异样出色',人不能学;周邦彦词,'出色'而不'异样',回到了词的正格。他有晏殊的娴雅,欧阳修的大方,秦少游的精美,柳永的婉曲。而且——他有规矩,别人可以学。词到北宋末,幸亏有周邦彦。他罕有其匹的表现力、穷极工巧的笔力、炉火纯青的技法、婉丽浑然的风调,成为北宋词的集大成者和完美的殿军。现在的中学课本,似乎都不见周邦彦,是因为他的'绯闻'?或者是因为他的题材'狭窄'?"经过这番比较,向黎得出的结论是:"周邦彦的最大启示是,在时代的局限里,在并不广阔的舞台上,如何把一个写作者可能做到的,做到最好。"家门老妹的这段狂放之论,着实读得俺老汉冷汗直冒!怎可如此颠覆北宋一代宗师的既定地位呢?如果不是写作状态彻底放松,是断断不会如此"妄议"的。待俺冷汗收住后静静思量,向黎在落下这段文字前已有翔实的比较论证,那至少也是一家之言吧。

看着向黎这位中国当代文学博士在写作上这种"居无定所"的游弋状,我脑子里经常闪现出的却是她的父亲我的恩师潘旭澜先生的模样。在我与他交往二十余年的经历中,先生给我留下的最突出的印象大抵有二:一是知识渊博或曰"不务正业",二是宽厚平和的胸襟。在我与老爷子数不清次数的边品茗(或酒)边聊天的时光中,体育、经济、历史、战争之类的话题是常客,而先生作为复旦大学中国当代文学学科的开创者和领军导师,这方面似乎永远不会占据先生的全部时间,甚至未必都是主体,即使说到当代作家作品,他也总是十分自然地"蹿"到现代或古典时期某位作家或某种文学现象上去,而当意见出现分歧时,先生也总是不多言语,只是笑眯眯地轻轻地吐出二字"是吗"。由此我想到,向黎写作上的这种游弋状与其家庭的氛围或其父的无形影响是否有关呢?这从该书"代序"《杜甫埋伏在中年等我》一文中当可见出些许端倪,而从向黎在古诗词研究和小说创作这两个不同领域间自如切换中也可见出一种细腻的交互影响:《古典的春水》中对古诗词中残花、落叶、忧愁、时间等意象或情绪的观察与捕捉所表现出的那种敏感与纤细,不经意间露出了一个小说家的本事;而在《白水青菜》《穿心莲》等小说中作者所营造的那种幽幽意境,显然又是颇得中国古诗词之风的吹拂。

现在令我窃喜的是,从去年岁末至今,向黎又开始写起了小说且状态甚佳,这在刊于《人民文学》今年第3期上的短篇《兰亭惠》中表现尤为突出。如此这般,莫非是我过往的"煽动"开始起作用？当然终究还是她本身的冲动所决定。无论如何，作为潘氏家门成员，我都会诚挚地祝她成功！

潜在的跨界写作

——读卜键新作《库页岛往事》

可以肯定的是,卜键新作《库页岛往事》的创作绝对是受到俄罗斯大文豪契诃夫《萨哈林旅行记》的"刺激"与影响。这不是我的主观臆测,而是卜键的夫子自道,他在该书开篇的"引子"中就直言,这次创作是"跟随契诃夫去触摸那片土地","曾经的我对库页岛几乎一无所知,正是读了契诃夫的《萨哈林旅行记》,才引发对那块土地的牵念"。"库页岛的丢失,原因是复杂的……而我更多反思的则是清廷的漠视,包括大多数国人的集体忽略。这也是阅读契诃夫带来的强烈感受,仅就书生情怀而言,为什么他能跨越两万里艰难途程带病前往,而相隔仅数千里的清朝文人从未见去岛上走走?"

那么,对卜键形成如此强烈刺激的《萨哈林旅行记》究竟又是一部什么样的作品呢？本人曾经是中文系的学生，这样的名家经典自然是会依循先生们开出的必读书单阅读过。但说实话，现在回想起来，这部作品究竟写了什么现在已模糊不清，而且这部作品在契诃夫毕生的创作中有着什么特殊的价值当时也是浑然不觉，倒是对他的《第六病室》和《万尼亚舅舅》这样的小说或戏剧代表作更重视。为了更好地理解卜键的这部《库页岛往事》，我不得不买了一本最新版的《萨哈林旅行记》重读。对该书的评价当然不是本文的主旨所在，但关于它究竟归属于哪种门类倒是引发了我的一点好奇。在今年元月刚推出的上海人民版《萨哈林旅行记》的版权页上，中国版本图书馆 CIP（在版编目）数据中心给它的分类是"游记"。这当然也未尝不可，毕竟契诃夫 1890 年 4 月自莫斯科出发，历时近三个月，行程万余公里，在萨哈林岛上连续生活游历了八十二天后才有了以这段经历为题材的《萨哈林旅行记》，而整部作品的创作又是耗费了三年时光才最后定稿。从整个创作过程及作品题材的外观看，称其为"游记"虽不为过，但再往深里细想，作为契诃夫毕生唯一的非虚构，且他不惜冒着生命危险、耗费了最多的时间与精力进行这次创作，难道仅只是为了写一部"游记"吗？这似乎又有点古怪。据研究者们考据，契诃夫在这次远行前一年的冬天就有了创作这部作品的念头，他想知道那片苦役地的模样，想了解俄罗斯刑罚体制的真实面貌。于是他像一个训练有素的社会调查专家，设计了一种简洁易用的人口调查卡片，用来采访全部苦役犯、流放犯和定居者，因而在后来的创作中才有了对数据的大量应用。也正因为此，无论是创作中的契诃夫还是出版时的编辑与出版商，一时皆不知究竟该如何给此书定位，这其实很正常，也就有了后来不同研究者的不同定位：有的将其视为某种人类学或民族志，有的将其称为专题调查新闻，有的将其当作科学报告。客观地说，这些概括都各有其理各有其据。契诃夫此次远东之行还有一个特点，那便是当局不允许他接触岛上的政治犯。回过头来看，这当然是一种遗憾，但客观上又导致了《萨哈林旅行记》呈现出一种非政治化的特征。他接触的都是些刑事犯，而刑事犯在一般人心目中的位置可想而知，但在契诃夫眼中，刑事犯也是人，因而，这部作品一个突出的特征便是充满了强烈的人文关怀，这就使得整部作品超越了一般的社会或田野调查而具有了强烈的人文色彩，"人"而非"岛"才是这部作品的主角。也正是由于这一点,《萨哈林旅行记》客观上形成了一种"潜在的跨界写作"。这个词当然是我的一种杜撰,即外观上虽为"游记",但骨子里则是一次特别而艰辛的人文创作之旅。也正是这样"潜在的跨界",使得《萨哈林旅行记》成为契诃夫毕生创作中一部"特别特"的作品。

似乎扯远了,还是回到本文讨论的主体——卜键的《库页岛往事》上来。还真是无独有偶,中国版本图书馆CIP数据中心给它的分类是"萨哈林岛-介绍",这有点像是将其归为地理知识一类。从作品表层看,这也没错。在作品第二章的开篇卜键就开宗明义地写道:"库页岛南北绵延近两千里,东西最宽处逾三百里,面积大约七万六千公里,超过台湾与海南岛的总和,曾为我国第一大岛。岛上有高山大川,密林广甸,大量的湖泊沼泽,丰富的煤炭和石油矿藏,尤其是久有渔猎之利。又以东北临鄂霍次克海,南与日本的北海道隔海相邻,有着重要的战略地位。"这样的文字确是货真价实的地理知识介绍,但我以为,如果从整体内容看,将其归入中国历史研究一类比地理类或相对更妥帖。事实上,该书问世后,出版方和许多专家皆称其为"目前为止有关库页岛的历史最全面深入的专著,填补学术空白,具有重要的学术价值"。

曾有过任职国家清史办主任、国家清史编撰委员会副主任经历的卜键从事历史研究很正常。在边疆研究史专家马大正先生眼中,《库页岛往事》"是填补研究空白的著作","是一部严谨的学术探研著作","以后只要研究库页岛,这本书就不可小觑"。同时,他还做了一个初步统计:"从附录参考文献类的书目来看,涉及文献档案的汇编就有49种,一种可能对应一本,也可能对应几十本,上百本。卜键把有关史料记述基本上一网打尽,这很不容易。"的确,在《库页岛往事》中,有关库页岛历史的研究,卜键的贡献至少涉及三个十分关键的方面:一是通过对各种散见史料的细致爬梳,厘清了库页岛居民的构成及其与中原的关系;二是考据了库页岛究竟从何时起脱离了中国的怀抱,卜键认为"从法理上说,可追溯到《中俄北京条约》","然细检《中俄北京条约》文本,其中并没有出现库页岛的名字,再看奕山所签《瑷珲条约》,也完全不提这个近海大岛";三是由此进一步追寻库页岛丢失的复杂原因,更多地反思"清廷的漠视,包括大多数国人的集体忽略"。

但是,上述这种严谨的历史考据与研究毕竟又只是

《库页岛往事》的"半壁江山",顶多也就是"多半壁",而且它明显不同于我们过往所读到过的众多历史研究专著,那些作者的所为一般都只是在那里冷静地发掘、考据、陈列史料史实,追求的是言必有据,至于作者自己的立场则往往隐身于这种史料的挖掘与选择背后。而卜键在《库页岛往事》中则有太多的历史研究中所不常见的个人主观情感代入,这个作者一不小心就要自己蹦出来,或痛心疾首或撕心裂肺地抒发一下自己的情感,所谓"前事不忘,后事之师"之急切溢于言表,个体情感的代入丝毫不加掩饰。也正因为此,也就无怪乎有学者称其为一种"历史散文"的写作。而且,《库页岛往事》在叙述上也的确呈现出一种明显的双线结构,即一条是对种种散见史料的钩沉爬梳,另一条则是契诃夫《萨哈林旅行记》中的库页岛。前者是史料中的所谓"客观",后者则是一位大作家笔下貌似"客观"的主观,两相碰撞,就使得《库页岛往事》如同《萨哈林旅行记》那般也呈现出一种"潜在的跨界写作"状态,所不一样的只是"跨"的起点与落点不同,前者从"游记"跨入"人性",后者则是"史实"与"文学"的双跨,都跨出了一番别样的风景。

所谓"潜在的跨界写作"一说确是本人的一次杜撰,我也无能就此做出若干学理性的阐释,只不过是个人阅读直观感觉的一种描述。但我想,无论是契诃夫笔下的《萨哈林旅行记》,还是卜键的这部《库页岛往事》,某种门类写作的客观要求与事实上的主观呈现之间存在的差异是明显的,而导致这种明显差异的一个重要缘由就在于他们那种潜在的"跨",也就是超越了一些既定的常规。这种超越并没有造成知识的硬伤,读者阅读起来也不感到突兀,相反倒是作者的这种主观情感与意志的介入更容易让读者感受到一种新奇、产生了一些震动、引发出若干思考……如此这般,也就有理由为之点个赞喝个彩吧!

面对国家民族命运，文学如何高质量在场
——读熊育群长篇纪实文学《钟南山：苍生在上》

《收获》当然是全国最重要的文学刊物之一，新时期以来很多重要的文学思潮都是由《收获》刊出的作品所引发的，这是一段客观的历史存在。在我的阅读记忆中，《收获》有许多标志性的首发，而这次她在"长篇小说专号2020年春卷"上推出熊育群的长篇纪实文学《钟南山：苍生在上》当属又一次标志性的动作。这里所说的"标志性"当然不是指它的非虚构，而是指当国家和民族命运面临重大考验之时，如此近距离地用文学的方式呈现自己的立场，在《收获》的历史上似乎还是第一次。

在我看来，这个第一次就是《收获》发出了一个鲜明的信号，那就是在事关国家和民族命运的重大节点，文学不能缺席，不仅要在场，而且还要高质量地在场。

所谓高质量在场意味着不仅只是近距离地去参与、去触摸,而且还要高质量地去呈现。如果说前者还只是一种态度宣示的话,那么是否高质量,能否产生影响力,则取决于文学的专业化程度如何。专业化程度越高,彰显出的力量就越强。而熊育群的长篇纪实文学《钟南山:苍生在上》至少是现阶段我读到过的最好的抗疫题材的文学作品之一。

能够形成这样一种强大的感染力,在我看来,至少有如下两点成功的经验值得关注与重视。

首先,是媒介与作者间成功的双向互动。《收获》第一时间主动组稿,这当然只是一个职业动作,没什么特别值得稀罕,但选择表现对象和谁来操刀却很重要。早在十七年前"非典"肆虐时钟南山就已然成为一位社会公众人物,而这次新冠的袭来更使得这个人物不再是一个纯粹单一的医者,而是集多种符号于一身:医者良心、医者仁心、公信力、专业性……"盘活"这个人物本身就是一种力量,就是全方位呈现这次全民抗疫的一扇绝佳窗口。谁来"盘",而且要在尽可能短的时间内完成? 熊育群的胜出虽不能言非他莫属,但确有其独特的优势:早在十七年前"非典"流行时,在媒体工作的熊育群就采访过钟南山,此后在钟南山成为全国道德模范和新中国成立十七周年等重要时点,熊育群都写过有关他的专题,彼此已建立起良好的信任,这就为其获得第一手可靠的素材创造了便利;此外,尽管熊育群平日创作以散文和长篇小说为主,但总体上都是偏叙事、偏人物,有了这样的基础,转入以人物与事件为中心的非虚构写作当不会存有难以跨越的艺术沟壑。在整个创作过程中,作者与《收获》始终保持着高频度的双向互动,据熊育群披露:作品的修改过程甚至比创作更艰难。供需间的这种目标一致与和谐交流显然是这部作品得以成功的重要条件之一。

其次,既然是文学作品,决定其感染力如何的根本因素就必然是作品自身在艺术表现上的力量。具体到这部作品而言,如下两点格外突出。

一是出现在这部作品中的钟南山充满了命运感。人们过去有关钟南山相关信息,不是从平面纸媒获取,就是从电视上遥望,因而基本上是一个平面的、片段的、比较单一的形象。但熊育群笔下呈现的钟南山则是一段完整的人生,这个过程有跌宕,有起伏,因而充满了完整的命运感。我们以往只知道钟南山是一位医术精湛的呼吸科专家、敢说真话的大夫。殊不知这位专家的成长也充满了坎坷与崎岖,刚从大学步入社会即遭遇那场史无前例的十年浩劫,专业根本无从谈起;甜蜜的爱情尚未结出硕果又面临两地分居的尴尬;47岁好不容易获得赴英国深造的机会,又遭遇对方某些同行的冷眼与歧视……原来钟南山曾经历过种种挫折与艰难。写出人物的命运既是以人物为中心的文学写作最基本也是颇有难度的一个环节,而《钟南山:苍生在上》的成功在相当程度上就得益于写出了这个人物的命运,作品中钟南山遭遇的人生起伏,奔着一个目标不屈不挠的态度,决定了他这一生的走向。我相信绝大多数读者和我一样,以往我们所知道的钟南山,也就是一个尊重科学、直面现实的好医生,但是从这部作品中,我们看到了他的人生充满了曲折与颠簸,如果不是一种意志和力量的支撑,就没有今天的钟南山。

二是作品在呈现钟南山刚毅果断一面的同时,也不放过他内心犹疑与冲突的纠结。写出人物的内心既是写活一个人物的重要因素,同时也是难以把持的一个环节。毕竟这是人物的内心而非外在的行为，分寸把握不当，就很容易陷入虚假造作的圈圈。我们在电视中看到钟南山一次次地告知公众，"非典"也好，新冠也罢，都存在着人传人的巨大风险时，态度是坚毅的，殊不知这背后他内心也有纠结与矛盾；我们在电视中看到钟南山在谈到李文亮，说到武汉是一座英雄的城市时眼中闪烁的泪花，殊不知他内心的那种百感交集……在《钟南山：苍生在上》中，熊育群抓住这些面上的细节进入了人物的内心：焦虑也好，纠结也罢，痛苦也好，欢乐也罢，在这些既需要回应又难度不小的环节，作品中逻辑的尺度和分寸的把握都是十分得体的。

有人生命运的波澜起伏，有人物内心的跌宕碰撞，有外在行为合逻辑的呼应，人物就立了起来。所以《钟南山：苍生在上》呈现出来的钟南山，就不仅只是在电视上出现在公众眼前的那个帅老头，而且是一个立体的、丰富的、有血有肉的、可亲可敬的"这一个"。

这，就是文学的力量。

生命至上　医者仁心

——读程小莹长篇纪实文学《张文宏医生》

庚子年的曙光尚未普照大地,新型冠状病毒肺炎这场百年来全球发生的最严重的传染病开始了大流行。在这场惊心动魄的抗疫大战中,我们伟大的祖国正如习近平总书记指出的那样:"经受了一场艰苦卓绝的历史大考,付出巨大努力,取得抗击新冠肺炎疫情斗争重大战略成果,创造了人类同疾病斗争史上又一个英勇壮举!"

面对这场突如其来的严重疫情,我国数以百万的医护人员白衣为甲、舍生忘死地奋战在抗疫前线,奏响了一曲惊天地泣鬼神的英雄战歌,涌现出像钟南山、张定宇、李兰娟、陈薇、张文宏……这样一大批深受百姓信赖与爱戴的医务工作者。程小莹的《张文宏医生》(刊于《收获》长篇专号2020冬卷)就是以其中"网红"大夫"张爸"为主人公创作的一部长篇纪实文学。

据程小莹观察："2020年的早春二月，上海人是听张文宏的话的。没有什么闲话。"其实不仅是上海人，全国不少老百姓也是听张文宏话的；不仅张文宏的话听，钟南山、李兰娟这些抗疫专家的话也是听的，当然这些个专家说话的方式也不尽相同。打个不太确切的比方，如果说钟南山院士的话犹如一位威严长者在那"一锤定音"，那么张文宏的话则像一个邻里大哥在那絮叨。

"不能欺负老实人""一线岗位全部换上党员，没有讨价还价""闷死病毒""防火，防盗，防同事""早餐牛奶鸡蛋论"……这些个妙语连珠的"金句"，贴近生活，一扫呆板之气，在一种特定环境下，极易产生共鸣。如此这般，这个"张爸"想不"红"都难。

"他越是红，我就越是要写出他红在哪里。"程小莹抱着这样的意图进入了《张文宏医生》的创作。但在我看来，传主虽很红，《张文宏医生》却写得十分质朴，近乎"老实"——虽完全没有煽情或渲染一类的笔墨，读起来却又有恰到好处的质感。这种质朴的行文主观上固然是作者写作时有意为之，客观上也是传主张文宏一再强调"我就是个医生",不愿意多谈个人的结果。

作品以"开场白"拉开帷幕,以正文三章为主体,以"留白"结束。近15万字的篇幅,从张文宏的从医历程到华山医院感染科三代医者的传承以及张氏团队的众生相跃然纸上,形象地诠释了"生命至上、医者仁心"这八个大字背后沉甸甸的内涵,那就是医者爱心、求实精神和科学作为。

——在张文宏学生的记忆中,但凡"张爸"凶的时候,百分之九十九都是因为病人,在"张爸"眼里,病人永远是第一位!张文宏对乡下人真的很好,他会给这些病人加号、落实住院床位、留下自己的邮箱、在线及时给出诊疗意见……这就是医者的爱心。

——张文宏的话大家买账,是因为他态度率真,讲的又都是常识。这世界上最神奇的本来就是常识,而最能取信于人的也是常识,而被称为常识的背后其实就是科学。张文宏说:所谓的耿直,是能够把最专业的东西,以浅显易懂的语言表达出来,让广大民众能够清楚。作为防疫专家,倒不是说一定要维持耿直的态度,持续维持科学的态度才是问题的本身。这就是医者的求实。

——《张文宏医生》中多次提到了医治新冠的"上海方

案"。这是张文宏几个月来与上海一线抗疫专家一道,以科技力量精准施策的结晶,足以显示上海疫情防控体系里的"科技含量"。它强调的是早期预警到位、用药原则科学,特别是对合并细菌、真菌感染的精准诊治进行细致指导,在避免抗生素滥用的同时对合并二重感染进行有效治疗;同时再辅之以更加严格的出院标准,为避免上海疫情的反扑打下坚实基础。这个"上海方案"使整个病程描述更详尽、临床监测更明晰、救治过程更精准。这就是医者的科学。

就这样,《张文宏医生》也如同它的传主一样,将极为专业、最是惊心动魄的那段日子用十分质朴的艺术方式鲜活地呈现出来。而在这种呈现的背后,读者也深切地感受到了"生命至上、医者仁心"这八个大字背后的情之真、艺之精。

"我的写作拥有一座大山"

——读胡冬林的《山林笔记》

虽然我与胡冬林未曾谋面,但也勉强可算是有过神交。2009年我还在人民文学出版社供职时,他的长篇小说《野猪王》就是经我终审后在《中华文学选刊》刊出并于次年元月推出了单行本。当时孤陋寡闻如我者尚不知他已扎根山中数年,只是感觉这个作者的创作颇有些独特性,这样的题材恐怕非一般人所能拿捏。再往后,从一些友人的文章中获悉他不幸辞世,也知道了他在长白山区扎根生活了五年多,留下了厚厚的几本笔记,心中倍感痛惜。现在那厚厚的几本笔记终于以《山林笔记》为名得以面世,也算是对他在天之灵的一种告慰了。

这不是一部文学作品,它就是一本日记,起于2007年5月5日胡冬林搬到长白山区生活,终于2012年10月31日生病住院。2017年5月4日,胡冬林不幸辞世后,其妹对这五年多的日记按年代进行了整理,分为上下两册共计六章,118万字。其主要内容大抵可归为两类:一是记录自己在山林生活期间每天的日常起居及写作情况,特别是与猎人、山民、鸟兽、鱼虫、蘑菇和花木交流的故事,少则千余字,最多的时候也会记上六七页,五年下来已经记满五大本。二是留下了对自己的写作方向、拟成书选题,以及对人与自然关系、长白山地区生态保护隐忧等问题的思考,完整呈现了作家在二道白河长白山林区长期驻扎期间的心路历程。

这又是一部比一般文学作品要沉得多的大书。往小里说,固然是作家为自己日后写作搭建的一个庞大而丰满的素材库:在这里,他拜长白山科研所的植物专家为师,每天在山上学习"蘑菇课"5小时,一边实地观察,一边拿资料对照;他还遍访当地有名的民间前猎手、长白山挖参人和采药人,和他们同吃同住交朋友,听他们讲各种山林常识和打猎故事,光黑熊的故事就搜集了100多个。在这里,记述的动物种类也非常丰富,据统计,涉及的鸟类凡190种、哺乳动物40种、节肢动物门昆虫纲52种等等。往大里说,在这日复一日的记录中,我们不时可以见到这样的文字:"回长春再回头看那里,有些人与事给我太多的失望,山水树木反倒都是不会说话的'好人'"(上,第249页);"其中最重要的是人类为了自身的享受舒适,一直在毁灭着仅剩不多的荒野及荒野中的生灵"(上,第421页);"我们对动物保护的漠视是普遍存在的现象,并在各个领域的许多事情上体现出来,也许这种现象还要存在许多年"(下,第1267页);"这个小镇已经失去了以往的宁静,变得越来越喧闹了。所有的一切都在向城市看齐,这已是大势所趋,成为不可能改变的事实。以后的日子里,再想找安宁清静的小镇会越来越难,除非去那些特别边远的地方。想起这些,心情便开始变坏"(下,第1276页)……而这一切,莫不是对人与自然关系这一人类共同大命题的深入思考。

胡冬林的创作、行为与言论很容易令人联想起美国作家梭罗和他的《瓦尔登湖》,这不奇怪。在他的自述中就留下过这样的记录:"有一个真正的震撼是1979年底,我读到美国女作家蕾切尔·卡逊的《寂静的春天》,还有梭罗的《瓦尔登湖》、利奥波德的《沙乡年鉴》……就那著名的十本关于环境的书,看得我脑子里发生地震。从那时起就买各种书充实自己,做各种笔记,为有一天上山做准备。"而在

《山林笔记》中我们也在不少地方看到他对梭罗的《野果》、比安基的《森林报》等许多欧美自然文学阅读与研修的记录。因此,在一定的意义上讲,发端于欧美的崇尚自然的思想,特别是18世纪以来美国的自然文学思潮,对胡冬林的行为与创作产生过不少影响恐怕并不牵强。

我们知道,从古希腊和古罗马时期的亚里士多德的《动物志》到维吉尔的《牧歌》,再往下一直到18世纪英国的自然史作家吉尔伯特·怀特,19世纪浪漫主义诗人华兹华斯、博物学家达尔文,以及20世纪的英国作家D. H. 劳伦斯等,这些个先驱莫不对自然文学的产生有着直接或间接的影响与推动。而在美国,17世纪约翰·史密斯的《新英格兰记》和威廉·布雷德福的《普利茅斯开发史》,18世纪乔纳森·华兹华斯的《圣物的影像》、威廉·巴特姆的《自然笔记》等,都先后为自然文学写作风格与审美做出了自己的贡献;特别是19世纪爱默生的《论自然》和托马斯·科尔的《美国风景散论》则为自然文学的思想与内涵奠定了基础。与此同时,科尔所创立的美国哈得孙河画派则以画面的形式再现了爱默生和梭罗等用文字所表达的思想。应该说,正是这些先贤的思想启蒙和美国作为"新大陆"和

"自然之国"这种独特文化背景所形成的那种基于旷野来共创新大陆文化的独特时尚与氛围,共同构成了美国自然文学生长的肥沃土壤。于是,在那片土地上,不仅有梭罗的《瓦尔登湖》,也有蕾切尔·卡逊的《寂静的春天》、爱德华·艾比的《大漠孤行》、安妮·迪拉德的《汀克溪的朝圣者》、巴里·洛佩斯的《北极梦》、特丽·T.威廉斯的《心灵的慰藉》、斯科特·R.桑德斯的《立足脚下》,以及近十年来问世的《诺顿自然文学文选》《这片举世无双的土地:美国自然文学文选》,正是这些个作家与作品的相映成趣,在美利坚大地上共同呈现出自然文学星光灿烂的一幕。在这些个作品中,人们曾经熟悉的文学作品中的主角已经由那一个个栩栩如生的人物让位于大自然,且聚焦的是荒野与乡村而非繁华与都市,这种大自然在作品中的呈现也不再是文学中常说的那种所谓拟人化的修辞格,而真真切切地就是货真价实的主角,诚如梭罗所言,自然文学笔下的对象"不是一些学者,而是某些树木"。描写对象发生巨大变化,随之而来在文学中展示的则是对自然的崇尚与赞美、对精神的追求与向往、对物欲的鄙视与唾弃。在自然文学的作家笔下,自然虽然成为作品的中心,但他们面对自然时却又不时表现出一种摇摆状态:既充满敬畏又不无犹疑,不确定性是这些作品的共同表现。自然文学的这种种努力无非是旨在以文学的形式唤起人们与生态环境和谐共存的意识,强调人与自然进行亲密接触与沟通的重要性,并试图从中寻找一种文化与精神的出路。

离开胡冬林的《山林笔记》,用上述文字尽量概括地勾勒一下欧美自然文学思潮的发展演变及创作特点,一方面是为了探寻胡冬林行为与创作的源脉;另一方面也是意在说明胡冬林的行为与创作在中国虽不多见、不普遍,影响也还不是很大,但所涉足的确实是人类共同面临的一个大问题,更是我们国家正在全面建设小康社会时同样面临的一个重大问题。对此,习近平总书记有过深刻的阐释,他说:"纵观世界发展史,保护生态环境就是保护生产力,改善生态环境就是发展生产力。良好生态环境是最公平的公共产品,是最普惠的民生福祉。对人的生存来说,金山银山固然重要,但绿水青山是人民幸福生活的重要内容,是金钱不能代替的。"立足于这些不同的维度来考察胡冬林的这部《山林笔记》就会发现:这不仅是他个人的一部生命之书,更为我们国家的生态文明建设留下了一笔珍贵的精神财富。随着时间的推移,它的价值将会越来越凸显。

一条血浓于水的大命脉

——读陈启文的《血脉：东深供水工程建设实录》

启文是文学创作的多面手，小说、散文及报告文学均有涉猎且不乏佳作；而在报告文学领域，从他创作的《南方冰雪报告》《共和国粮食报告》《袁隆平的世界》《中国饭碗》《问卜洞庭》《命脉——中国水利调查》《大河上下》和《中华水塔》等作品看，关注民生、聚焦国家重大工程的特点也是十分突出与鲜明。这样的特点当然和启文对文学基本使命的认识不无关系，他曾经直言不讳地坦言："文学不能没有责任感，作家不能没有使命感。"如果进一步观察，在这些大型报告文学中，启文对"水"似乎又格外情有独钟，《问卜洞庭》《命脉——中国水利调查》《大河上下》和《中华水塔》这些重要作品几乎莫不与水相关，而由广东人民出版社新近推出的启文长篇报告文学新作《血脉：东深供水工程建设实录》(以下简称《血脉》)依然如此。

我妄自揣测,启文刻意要将自己的这部依旧以"水"为题材的长篇报告文学命名为"血脉",这个"血"字大约是取"血浓于水"之意以喻这条人工水系之重要吧。的确,这部首次全景式展现东深供水工程建设的长篇报告文学作品《血脉》讲述的是来自珠三角地区的数万名建设者在党中央、国务院的坚强领导下,为解决香港同胞饮水用水之困,克服重重挑战,在东江和香江之间搭建起一条对港供水生命线的真实历程。将这样一个特殊工程和这样一条特殊的人工水系命名为"血脉",实至名归,恰如其分。

本书封底有这样三行文字:"从东江到香江,一条生命线,几代家国情。"这是对《血脉》内容诗意般的准确概括,如果翻译得直白点,也可以说这是一部全景式追踪东深供水工程来龙去脉和建设者群体的深度调查文本。而在我看来,这次创作对启文而言,无论是采写对象还是创作本身难度都极大。我之所以称其为"难"且尺度"极大",至少是从如下三个角度观察而得出的。

首先,从采写对象看,由于这项工程的特殊性,特别是为了保护水质不受外界污染,自整个工程从20世纪六十年代启动以来的近半个世纪中,一直都是在严密的、封闭式的管理状态下运行,直至 2021 年 4 月 21 日中宣部授予东深供水工程建设者群体"时代楷模"光荣称号后,这个"建设和守护香江供水生命线光荣团队"的神秘面纱才得以逐渐被揭开。积半个多世纪的过程一次性予以采访和表现,其难度自然可想而知。

其次,就这项工程实施本身而言,其如下三个显著特点也足以显现出对其予以全景呈现的难度。一是时间跨度长。自 1963 年 12 月周恩来总理当机立断做出"要不惜一切代价,保证香港同胞渡过难关"的重要指示开始,整个工程实施先后进行了三次扩建和一次另辟蹊径的大改造,历经近 60 年岁月淘洗和三代人的艰苦奉献。特别是首期工程的决策者、管理者和建设者大都已经作古,一些采访称其为"抢救性"毫不为过。二是工程实施的初心完全是为了香港同胞摆脱严重缺水的困境,而当时香港还处于英国的殖民统治之下,因而整个工程的实施就已然不是一项纯粹的水利工程,而是既具有重大的政治意义,但又有一定的政治敏感。三是因其工程的整个实施过程先后跨越我国改革开放前后两个时代,既先后见证了香港经济腾飞、回归祖国,以及深圳、东莞等工程沿线城市和粤港澳大湾区改革发展的壮丽情景,又因其跨越计划与市场两种不同的经济体制,因而工程的实施与管理不得不直面的艰难转型。

再次,从文学创作本身而言,这部报告文学要呈现的对象是一项充满了科技含量的水利工程,但又必须遵循报告文学这一文体本身的基本规律,因而科学与文学两种几乎截然不同的叙事如何兼容?既要保证表现对象总体的客观真实,又要展示文学表现的生动形象而非艰涩枯燥,这个尺度与分寸的拿捏不容易。

面对上述三重难题,陈启文通过大量田野调查,努力抵达当年的一个个施工现场,全力追寻工程不同时期的直接参与者与见证人,实在无从寻找才不得不退而追寻当时第一手的文字或文献记载。如此寻寻觅觅,才总体还原了东深供水工程各个建设时期完整的艰辛历程:近六十年来,先后有3万多名工程勘探、设计、施工人员和运行维护人员参与了东深供水工程建设运行和管控。他们接力传承,精心守护,先后四次对工程进行扩建与改造,使供水能力提升30多倍,水质安全得到根本保障,不仅惠及沿线各地,更是满足了香港约80%的淡水需求,成为保障香港供水的生命线,助力了香港经济腾飞,保障了香港民生福祉,支撑了香港的繁荣稳定。

能达到上述这样的效果殊为不易。其中既灌注着启文艰辛而扎实的采访心血,这是作家"脚力"与"眼力"的扎实践行;也展示出启文总体结构与精心剪裁的功力,这是他"脑力"与"笔力"的用心呈现。具体来说,综观整部《血脉》的创作,启文所采取的策略给我留下的是"保全景选场景,挑头羊类群体,重效果兼辐射"这样三点突出感觉。所谓"保全景选场景",说的是既保证宏观概括展现工程四个阶段不同的总体特征及完整风貌,又选择每一阶段中最突出或最艰难的一两个局部为重点;所谓"挑头羊类群体",说的是在工程四个不同的实施周期中,各挑选一两位领军人物,比如曾光,比如王泳,予以重点状写,而其他参与者则归类呈现,比如技术设计人员、工程管理人员、施工建设队伍等;所谓"重效果兼辐射",则是突出工程每期的直接效果,兼顾工程沿线的连带效应。如此以点带面、点面结合的科学与文学叙事相结合,就使得整条"血脉"形成了整体呈现、脉络清晰,重点突出、详略得当的整体格局,达到历史感、现场感与当下性兼备的纵深效果,殊为不易。

面对这次写作表现的对象,启文深有感慨地说:"这是一个用心血、汗水和智慧凝聚而成的精品工程,一个跨区域调水和水质保护的典范工程,也是一个不断创新的科技工程,堪称是一部浓缩的中国水利工程建设史和水利科技发展史。"那么,面对全景式展现这项工程的这部长篇报告文学《血脉》,我也想说,启文虽肯定为此付出了大量的心血,但值得!

细节的力量

——读李云雷中篇小说《后街的梨树》

尽管李云雷在我脑子中烙下更多的还是青年批评家的印记,但出生于20世纪70年代后期的他在出道伊始实际上就几乎同时游走于理论批评与创作实践两端;尽管我印象里的李云雷不属于那种善于进行口若悬河式言语表达的文坛中人,但他的经历与所接受的教育又使得他有许多需要表达的冲动,于是一个左手创作右手批评的李云雷就频繁出现在公众视野中。这不,在去年刚刚结束不久的第八届鲁迅文学奖评审中,他参评的项目是文学理论评论,而现在呈现在读者面前的则是一部长达10万余字的大中篇《后街的梨树》。

或许是长期的习惯思维使然,左手创作右手批评者总是本能地有点令人为之捏把汗。只是细说起来也奇怪,作家写评论大抵不会引发啥议论,尽管他们写得其实并不那么十分"评论",但作家看作品,着眼处多是些创作中的细道道,没那么多理论的框框与条条,反倒是形象生动活泼可亲;而批评家写小说则不仅可能会成为某条新闻,且常令人为之捏把汗,担心他们写得有点干涩、有点平淡,不那么"小说"。

这不,读李云雷的这部《后街的梨树》,我也差点儿陷入了这种"怪圈"。云雷的这部中篇倒是一点也不干涩,浓浓的乡村生活气息,满满的农民日子细节,但进入后不短的时间确实感到了平淡,几乎没什么冲突没多大的矛盾;先后出场的人物有好几十,但都是些个普通人,有"命"自不必说,但"运"则基本谈不上,一部作品中人有"命"无"运"当然意味着人物"命运"感的缺失或至少不鲜明不强烈。这样的作品初读时令人感到平淡倒也再正常不过。因此,在阅读的前半程,我为云雷的这部大中篇多少是捏了把汗的。只是随着阅读的进行,那种"平"的感觉渐渐消失,取而代之的则是沉浸于平淡中透出的种种乡土"味"儿。也正是在这股味儿的吸引下,我得以读完了《后街的梨树》。

"味"从何来?我想基本的途径无非有二:一是云雷从

出生伊始长期的生活积累,不像城里作家那般需要下去体验生活。他就生活在其中,说不好哪天某个闸门一旦打开,那长期积累起来的生活之水便不可阻挡地自然源源淌出;二是云雷为之设计了一种足以制造味儿的作品叙述方式。

《后街的梨树》叙述者以"我"这个第一人称出现,他既是故事的叙述者,也是故事的旁观者和直接参与者,和故事中的主要人物大都有着或近或远的血缘关系,而且从记事开始就伴随着故事的发展和主要人物的生命进程同命运共成长。这样一种主叙述者角色的设定决定了作品的基调必然是平和的、温馨的、包容的,某些在外人看来本有可能产生冲突与矛盾的地方在这个叙述者的生活中不过都是十分日常的正常"日子"。这个"我"每天就置身于这样的日子中,日子就是日子,即便是锅碗瓢盆磕碰得叮当作响,依然是日子,依然有滋有味、有声有响,无论酸甜还是苦辣,都不过是日子的一部分。

倘从这个角度看,作家的这种立场再正常不过,作为读者理解了这一点似乎也就大可不必为之大惊小怪。当然,在理解之余,也并不妨碍从作品中读出自己的心得、自己的感受和产生自己的判断。

《后街的梨树》漫卷着浓郁的乡村烟火,既是社会的也是人间的,既是传统的又是时代的……作品中呈现的时间大致从20世纪70年代到世纪之交,空间则从村庄到乡镇到县城乃至更广阔的天地,那恰是一个从封闭贫困逐步走向开放搞活奔小康的大分化大变革的时代,彼此间反差虽始终存在,但无不由沉寂走向涌动,由单一走向丰富,由封闭走向开放,由贫穷走向富裕。包括作品叙述者也是作品主人公之一的二小所在的村庄同样如此。二小家的日子在村里肯定属于差强人意者,毕竟有一个在公社革委会当干部的大舅和在村里当支书的舅舅,自己的爹在村里也当着生产队长,而大舅还想办法为二小年仅15岁的哥哥要到了一个去省里新发现的油田当工人的名额,吃上了"皇粮"。但即便是在这样的家庭中,日子过得也依然拮据:"平常里吃的都是红薯,煮红薯、蒸红薯、烤红薯、炒红薯叶、红薯晒成干磨成面再蒸成窝头,或者红薯面疙瘩汤等等",至于其他家庭的日子便更是可想而知。不过二三十年的时间,当二小在北京读大学或工作时回老家探望病重的嫂子时,坐个飞机往返已十分平常,这在过去显然连做梦都不可能如此。

当然,这种不动声色地以点带面地表现乡村巨变其实还并不是这部作品最为出彩之处。在我看来,通过诸多日常生活的细枝末节行云流水般描摹中国乡村社会的乡土风尚、人情世故,特别是亲情中那十分纤细微妙的人际关系,才是这部作品最为出彩之处,包括乡村夫妻两地分居的微妙心理以及婆媳关系、姑嫂关系、叔嫂关系、亲家关系、远近亲关系……这种种关系的形成与变化既是社会的、经济的和文化的,也是亲情的、血缘的和个体的。而作品在表现这些复杂而微妙的关系时,更多时候都是通过叙述者的童年及青少年时的视角与直觉来展现,都是他日常生活中亲历的细枝末节,极为纤细,也十分自然。处于不同时代、不同环境、不同条件下的普通人的生活以及在处理人与人关系时的本能反应就是如此,作品的艺术感染力就在这样一种不动声色的艺术处理中得以自然呈现,这种润物细无声的效果得以产生,我想当是既得益于云雷自身的生活积累,更在于他对这种资源细节的敏锐捕捉与理性思考。

《后街的梨树》带给我们的感受是独特而有价值的,在本文结束,我还想提出的一点点质疑则在于,这种独特而有价值的艺术呈现是否可以处理得更凝练、更精粹一点？一些相近细节的重复出现固然可能强化读者对此的感受，但与此同时必然多少也会令人产生些许冗赘感，如何平衡处理好这种关系或许是云雷需要加以考虑的。

一个"阅读劳模"的名与实

——读王春林的两部"长篇小说论稿"

友人春林赐来他新近出版的《王春林2019年长篇小说论稿》和《王春林2020年长篇小说论稿》两部新作,并期望我能"雅正"。这番美意令我感到温暖,但更让我为难,且不说"雅正",即便是"俗论"也难以胜任。不是因为别的,要害就在于他所"论"的那些长篇小说原作近乎一半我要么没有细读,要么压根就没看过,这又如何"雅正"得了?

平日里也知道春林有长篇小说"阅读劳模"之誉,但说实话,更多时候也只是将此作为一种笑谈而已,并未当真。这次面对春林派的活儿,不得不为之做了点小统计:《王春林2019年长篇小说论稿》评说这一年出版的长篇小说16部,《王春林2020年长篇小说论稿》则更上层楼——17部,以每部作品平均25万字(大都超过)计,平均年阅读量至少在500余万字左右,而且几乎可以肯定的是,这两部著述中所收录的33部长篇小说一定不是他阅读过的全部作品。或许是一种巧合,本人这两年由于为《文汇报》撰写《第三只眼看文学》的不定期专栏,阅读也差不多以长篇小说为主,春林在这两部"论稿"中评说过的那33部长篇我虽都知道,但正好有半数完全谈不上细读。自以为本人还算是一个勤劳的阅读者,但在春林这个"劳模"面前,的确只能是相形见绌。如此这般,又有何能得以评说春林的两部大作?然"劳模"所嘱又只能遵命,但也只能限于"片言"而已。所谓"片言",即本人以下评说仅限于自己同样细读过的那些个长篇,否则就是妄言。

  先离开春林的这两部新作,说点并非完全题外的话。本人是从20世纪80年代初开始与文学评论亲密接触的,那恰是一个粉碎"四人帮"后拨乱反正、百废待兴的时代,包括文学评论。因此,那时文学评论的主题词就是批判以"假大空"为核心的"阴谋文艺论"而回到文学批评自身。经过一段时间的"回归"后,业界人士又发现,"回"虽确是"回"了,但又"回"得未免过于单一,虽也是就文本说文本,但多是清一色的所谓社会学批评,而即便如此也不完全,准确地说更多的还是一种意识形态批评。这也就滋生了80年代中期开始的对文学评论多样化的呼唤和对文学批评方法论问题的大讨论。于是本土的、外来的,古典的、现代的,各种批评新观念、新方法纷至沓来,虽良莠不齐,但人们视野毕竟打开了许多,评论者笔下可使用的兵器也丰富了许多。

经过这次方法论问题的大讨论,据本人未必准确的观察,文学评论在方法上的丰富已是不争的事实,但从大的路数上似仍可划分为两大"阵营"。其一,紧贴着文本评文本,但其特点则是在细读文本的基础上,观察的视角与评说的方法不再是单一的意识形态批评,而是丰富了许多;其二,虽名为评说某部具体作品,但究其实则更是将其作为陈述或张扬自己某种文学主张的例证,而作品本身与那种文学主张则未必十分吻合,甚至风马牛不相及。这样一种评论,说好听点,似更当归入一种理论研究、一种观念的张扬;说难听点,则是理论研究与文学评论两头都不靠。后一种评论我们平时并不鲜见,一部鲜活的作品在某位论者的笔下尽管被肢解得七零八碎、分析得口吐莲花,待你找到原作一看却不是那么回事。这种评论惯用的手法其实也不外乎两种:或戴大帽或吐新词,如此而已。

对后一种评论,就基本方法而言我当然并不是一概反对。我所不认同的只是对作品文本本身的随意游离,尽管众人在品评某部具体的文学作品时确有见仁见智之别,但在一些最基本的判断上却不宜简单地为其戴帽子划门派。比如面对女作家的写作固然可以称其为"女性写作",但在"女性写作"与"女权主义"之间却没有画等号的理由,一旦戴上了"主义"这顶帽子,就完全不是一个单纯的写作技术问题,而演变成对世界、对人生的一种基本观念与评价了,这显然是风马牛不相及的两件事。

绕了这样一圈,其实还是为了评说春林这两部"论稿"的基本特点。如果本人的上述描述与划分大抵不谬的话,春林的长篇小说评论显然属于那种在细读文本的基础上展开批评的一类,而对作品的评说又是紧贴着文本,依据自己的理解逐一展开,并非那种先为之戴上一顶理论大帽然后生硬地进行套装的、看上去貌似深刻实则失之空泛的评论。为了证明这一点,不妨简略地解剖一下他的两则评论。

比如关于李洱的《应物兄》。这部最终荣膺茅盾文学奖的长篇出版伊始即成热点:一是创作过程耗时长达十二年,二是篇幅长达80余万字,三是内容十分丰饶,四是各种评价众说纷纭。面对这样一部"现象级的作品",春林的评论也长达3万余字,尽管他将这部以知识分子生活为题材的长篇定义为"是当下时代难得一见的一部优秀'百科全书'式长篇小说",但全篇评论则是紧贴"权力"与"资本场域"这两个关键词对知识分子的绑架与扭曲进行细读与解析。身为作品主人公的应物兄是学界也即现代知识分子的代表人物,当这位"不仅学富五车,而且在学界乃至更为广泛层面都有着不小影响力的现代知识分子"代表受命开始筹备太和儒学研究院时曾是那样踌躇满志:"我已经准备好了,将自己的后半生献给儒学,献给研究院。"然而,在筹办过程中,"伴随着以栾庭玉为代表的政界力量,以黄兴、铁梳子为代表的商界力量的逐渐介入","太和儒学研究院竟然不知不觉地改变了味道",应物兄也"日渐被边缘化"。其实不仅是太和儒学研究院的筹办在权力和资本场域的绑架下而异化,即便是应物兄本人,又何尝不是在这样的大背景下也出现了某种异化?比如他也会同时出现在几个不同的电视频道,他还会拥有三部手机以应对不同的通话对象。其实还不仅只是限于应物兄,包括他的上一代、同代中人及下一代,在权力与资本的绑架下也莫不程度不同地出现了种种变异。对春林这则评论的上述概括我当然是在尽量从简,但春林的实际行文则显然是紧贴着《应物兄》的文本逐一演绎出来的,这绝对是一个细读的过程。如果只是一种大而化之、囫囵吞枣的浏览,或抱着某种先验的理念进行解读,其结果未必如此。也确有若干关于《应物兄》的评论,至少我本人阅读后的感觉就是:"文字虽好,但和《应物兄》有什么关系呢?"这当然不能怪罪于作者,还是怨自己才疏学浅吧。

再看一则春林对邓一光长篇《人,或所有的士兵》的评论。评论对象又是一部近80万字的"超级长篇",对它的解读之难除去"超级长"之外,更在于无论在邓一光过往的长篇小说还是在整个战争文学题材的创作中它都是别具一格。众所周知,在中国当代文学创作领域,邓一光因创作了《父亲是个兵》《我是太阳》和《我是我的神》等作品而赢得"最会写战争小说"之誉。《人,或所有的士兵》虽同样还是写战争,却是另一种完全不同的写法,呈现在面上的当在于作品的主角由战神变成了战俘,更深层的则是由此带来的对战争与和平的反思。面对这样一部作品,春林的评论首先从它在文体上如何处理"纪实与虚构"的特征入手。在他看来,像"邓一光这样在一部足称厚重的长篇小说写作过程中,下足了历史考古学功夫的,虽不能说绝无仅有,但也的确罕见。首先是在篇尾细致列出的多达四十七部(其中包括两部影像资料,其余均为图书作品)的本书参考资料……在一部长篇小说中,看到'本书参考资料'的专门罗列,邓一光的这部长篇小说,乃是第一次"。"而从写作技术的角度来说,能够把这些具有突出史料性质的东西,令人信服地编织进一部想象虚构性质同样非常突出的长篇小说中所充分考量的,正是邓一光一种非同寻常的艺术构型及整合能力。"与此同时,在"纪实性史料的穿插方面,(邓一光还有)非常引人注目的一点,就是他对诸如海明威、张爱玲、萧红、许地山、戴望舒等一些作家在小说中的想象性处理"。接下来春林又细致分析了作家对"众声喧哗、堪称杂多的第一人称叙事方式"如何设定……凡此种种,春林在这篇2万余字的评论中,尽管从历史考古学、纪实与虚构关系、叙事学、心理和社会历史分析等多学科、多角度对《人,或所有的士兵》进行了分析与评说,但无论做何分析评说,也姑且不论所评说的是非与否,春林细读文本贴着文本进行评说的这个特点则无论如何都是一种客观的存在。

　　说实话,春林对一部作品具体评说中的某一点具体判断我未必完全认同,有的甚至还是完全相悖,但这并不重要,所谓见仁见智是也。换言之,就作品评论而言,比之于"仁"或"智",我同样看重的是"见"。"见"即文本,即细读,离开文本,没有细读,其"仁"其"智"都未必确切,甚至走向荒谬。我之所以这样说,是因为的确读到了不少名为具体作品评论,但实则远离作品甚至曲解作品的"高论"。我不理解的是,既为"高论",其实完全可以独立地著书立说、自成一体,又何必硬要绑架一位名家与一部名作呢?这种状况究其缘由,我想要么是论者自己不自信,要么便是没有认真地读原著,前者是能力不足,后者则是学风不正,而无论哪种都要不得。立足于这样的背景,再来反观春林的这两部"长篇小说论稿",就见出其学术与学风价值之所在,所谓"阅读劳模"之誉也并非浪得虚名。这个"劳模"不仅是阅读量之高,更是阅读质之细之实。

看,那些青春燃烧的岁月

——读阎志长篇小说《武汉之恋》

初识阎志,差不多是21世纪第一个十年的时光了,那时我印象中的他就是一位爱写诗的企业家,尽管他在我当时供职的人民文学出版社主编过系列丛书"中国诗歌"。后来陆陆续续地听到或看到阎志的一些传闻则是他旗下的卓尔足球俱乐部在中超赛事中引发的风波之类,而今年年初新冠疫情于武汉肆虐之际,还是这个阎志果断地将自己所属的武汉客厅率先改造成方舱医院以救治新冠患者,并在整个武汉抗疫战中捐赠了大量钱物,一个自觉承担社会责任的企业家和文化人的形象开始进入我的脑海。未曾料到的是,与此同时,阎志竟然在《青年文学》上开始连载起自己的长篇小说新作《武汉之恋》,截至今年第7期,已先后连载完这部长篇小说的前三部《梅花落 樱花开》《江水

浅　湖水深》和《春风起　秋风逝》,现在我也不知道他的这部长篇小说还会写多少,只是从《青年文学》的预报上获悉其第四部《北方晴　南方雪》还会继续连载下去……

尽管著名小说家邱华栋在为这部作品写下的推荐语中说道,这"绝非沾染着时光暮色的青春物语,也并不是一部讲述创业沉浮的启示录。它是一种历经冷暖后看待生活的方式,是一段致敬时代和理想的心灵史"。但坦白地说,作为《武汉之恋》中那些个"角儿"的同行者,对这部长篇之作,我始终进入不了一种职业的文学阅读状态,虽然也会深怀对那个"时代与理想"的敬意,但更无法摆脱那"时光"的萦绕,而且也并不觉得那已是"暮色"。当然,这,或许有丁点"堂吉诃德"了。

现已面世的《武汉之恋》前三部基本是一个橘瓣式的结构,整部作品犹如一只橘子,每一部就是这只橘子上的一片橘瓣,与整部作品既连为一体,又相互独立。第一部以珞珈山边的武大及周边大学校园为背景,主角则是1977年恢复高考后那几年入学的莘莘学子;第二部虽间或还出现一点大学的场景,但主体已转入那批学子走出校园后的就业之路;到了第三部,自主创业已然成为故事的主干。每一部都会以这些学子中的一两个人物为主干,穿插出现其他人物。可以设想,此后的几部大抵也依然会是这个套路,所不同的只是创业与发展的故事有异,人物命运开始出现分化。

尽管是这样一种橘瓣式结构,但我却顽固地认为第一部《梅花落樱花开》堪称整部作品的纲与魂,虽然这一部在整体作品中不过只是占有"?"分之一的比重。之所以这样坚持,基于如下几点理由:首先,第一部明确框定了整部作品依次出场的主角,而这些个人物之所以能够成为主角,是因为他们曾经有着一个共同的身份——同学,也正是这个共同的身份才得以将他们自然地黏合在一起。其次,这些个同学有着一个共同的大时代大背景,那就是从四面八方曾经的万马齐喑中聚集到改革开放大旗徐徐拉开的大学校园,共同见证了思想的坚冰是如何在实事求是这条颠扑不破的真理的炙烤下艰难地被融化。最后,这是一群已然被压抑、被桎梏了许久许久的青年人,满心的躁动满身的活力终于赶上了那个大时代才得以被点燃、被激活。那是一个青春燃烧的年代,在这一代人的成长与记忆中,那一段只有鲜靓、活力与永恒。这也是我不认同今日之回望已然要为它抹上"暮色"的缘由。

《梅花落 樱花开》作为《武汉之恋》的开篇之作,起于青春美丽的邂逅,终于毕业季的各奔东西,虽有长达四年的时间,但由于要交代作品的背景和安排足够的出场人物,因而,出现在这一部中的事件与情节并不是很多,但作者巧妙地安排了两场主戏则无疑别有一番意味。一是经济系学生发起的"跨学科沙龙"活动,特别是由这个沙龙发起的"发展经济学与经济改革高层讨论会",而在这次讨论会的筹办过程中有个细节格外令人玩味——校方虽打内心支持这次讨论会,却又不便出面主办,因而只好由学生们来发起并主办,结果就确有著名的经济学家因为不是校方主办而谢绝参加;一是哲学系学生田路从武汉长江大桥入水,仅凭借一只游泳圈,独自漂流 1050 公里,顺利抵达崇明岛,完成了中国人从武汉到入海口的长江首漂。在我看来,这两场戏的安排其实是颇有些隐喻意味的。前者暗示着那依旧是一个乍暖还寒的时代,但会议的成功举办无疑意味着"冬天来了,春天还会远吗?";后者则无疑象征着乘风破浪勇往直前的精神在那个年代显然已呈不可阻挡之势。生活在这样一个年代、有这种精神支撑的青年们往后会干出一番什么样惊天动地的大业都是不奇怪的。这实际上也为作品后续的展开预设好了强大的时代背景与精神动力,也是我认为第一部堪称整部作品纲与魂的缘由之所在。

果不其然,在随后的《江水浅　湖水深》和《春风起秋风逝》中,田路、雷华、陈东明、吴爱军、林静……这群珞珈学子从求学到就业到创业到走上世界舞台的奋斗故事,个个精彩,不乏励志功效;但其中的青涩与奇葩、艰辛与曲折在今天看来也实为罕见,但这一切恰恰就是那个时代的产物。与此同时,也正是因为有了那个时代特定精神的支撑,青涩与成熟、曲折与坦途之间才有了发生转换的可能。而正是在这个意义上,称《武汉之恋》"是一段致敬时代和理想的心灵史"当是十分恰如其分的。

"厚度"决定"深度"
——读舒晋瑜《深度对话鲁奖作家》

舒晋瑜继《深度对话茅奖作家》之后又推出了其姊妹篇《深度对话鲁奖作家》。两年前我在拜读过她的《深度对话茅奖作家》后，本就有些心得想成文，但当时为各种琐事所缠而被耽误。现在趁她这部姊妹篇面世之际，正好将自己一直想表达的一点意思一吐为快。

当下"深度"这个词儿比较时髦。啥"深度访谈""深度报道""深度对话""深度交流""深度跟进"……以示自己的作为不同于一般，下过一番功夫，发人之未发。倘果真如此，当然甚好。然细观许多冠以"深度"之名者，不仅毫无"深度"之实，甚至连"度"都谈不上，无非是一则通稿拿来换个标题署个名而已。

而舒晋瑜的"深度对话"则不仅仅使用了对话这一文

体,而且绝对是有"深度"的。何以见得？众所周知的是,无论是茅奖还是鲁奖,所针对的都是某一部(篇)具体作品,那么,与获奖者之间的"对话"至少应该是认真地读过这一作品,否则,你的问题就只能是"你创作这部作品的动机是什么？""你期望自己的这部作品能起到什么样的作用？""你接下来还有什么写作计划？"之类的外围片儿汤话;但舒晋瑜向获奖者发出的问题肯定不是这样,只要看所提出的问题就知道她一定是看过这部作品,更重要的是,她不仅看过这部作品,而且对这位作家的基本状况和其他主要作品也比较了解。只有在这种"知人论事"的前提下,她设置的问题才能既有获奖的那部作品,也有与之相关联的其他作品;既有作品自身的创作特色,也有与作家生活相关的联系。这样近乎多角度、立体式地设置问题让受访者作答,对读者深入地了解作家、理解作品才会有相当程度的帮助。这,才可谓之"深度"。

如果说,如此设置问题,除了对受访对象的了解及对其作品阅读的宽度需要一定保障的话,那么,与此同样重要的另一个保障是采访者自身要熟悉与理解文学创作内在规律及作家创作甘苦。一句话,就是这位采访者是文学的内行而非外行,这也恰好应验了那句"外行看热闹,内行看门道"的老话。只有具备这样的功底,所设置的问题才能够既得体又切中作家作品的要害。举个例子,比如与鲁奖获得者、著名小说家兼编剧刘恒的那篇对话就颇有代表性。在20世纪80年代如日中天的刘恒后来竟然从小说舞台隐退成为著名的编剧,但伴随着资本对影视业的深度介入,"电影的生命被抽空"了,刘恒又该如何面对?这个问题对刘恒这位具体的名作家或名编剧来说,无论如何都是一个无法回避的大焦点,对读者更好地理解他的小说或剧本也同样是一个无法绕开的重要节点。于是,我们看到,在晋瑜与刘恒的对话中,有相当的篇幅都是围绕着这个重要节点展开,问者层层递进,答者滴水不漏,兵来将挡,水来土掩,煞是好看。但读者正是从这一来一往中对刘恒无论是小说还是剧本的创作有了进一步的深入了解。这,更是"深度"。

无论是哪种深度,其要害、其秘诀说起来并不复杂,无非就是知文论事、知人论事。这两"知"说起来易,做起来也不是太难,无非需要时间,需要阅读,需要思考。而这三"需要"恰恰都是苦功夫、笨功夫,更是硬功夫,没什么捷径可走,没多少窍门可言,要想自己的采访真正抵达某种"深度",这些都是一个个绕不过去的坎儿,我想舒晋瑜那名副其实的"深度"也正是源于此。至于那些同样打着"深度"大旗招摇过市者,如果做不到这三"需要",则是很容易露出马脚的。

说白了,采访者的"两知""三需要"做得怎样决定了自身的"厚度",没有自身的"厚度",就根本无从抵达采访的"深度","厚度"决定"深度",这是铁律,无任何捷径可言,舒晋瑜两本"深度访谈"的成功证明了这一点。而这种"深度访谈"的成果对作家作品研究或文学史研究都不无重要的价值。

美在何方？

——读赵焰长篇散文《宣纸之美》

据作者赵焰自述,这部长篇专题散文的创作源自安徽文艺出版社的约稿,而且还是命题作文,大体意思是"宣纸名气那么大,历史那么长,可一直没一本好书来写它"。

依我从事文学编辑的经验来想象,安徽同行之所以有这次命题,其基本缘由无非两点:"一是宣纸的确值得写,但又还没有一本好书来写它",作为宣纸产地的专业出版社,有责任有义务来填补这样的空白;二是赵焰是适合完成这个选题的作家之一,他打小就生活在黄山脚下的旌德县,但凡出山往长江下游方向出行,旌德县乃必经之地,大学毕业之后又在宣城工作了十多年,泾县也罢、宣城也好,那就是宣纸的主产地。不仅如此,赵焰又是一位有着丰富创作经验的作家,即便是文化散文,也创作有《思想徽州》《千年徽州梦》《风掠过淮河长江》等多部作品。

然而,命题作文其实也并不是一桩简单的好玩儿好干的活儿,毕竟不是作者自身生发出的强烈创作冲动所驱使,更何况《宣纸之美》这个命题固然美,但也难。说到底,宣纸本真、原生的含义终究只是中国传统古典书画的一种用纸,是一种材料;同时它的生产也是中国传统造纸工艺之一,2009年还被联合国教科文组织列入"人类非物质文化遗产代表作名录"。但是,如果仅只是限于宣纸这种本真、原生的含义做文章,即便文字再美,也难免会陷入产品及制作工艺流程介绍的"工科男"之中。所幸的是,宣纸这种材质又是自古以来中国文人画最好的载体与伴侣,因而这种材料也就与那些杰出的画家一道共同承载着国人的美好追求、历史影像、想象力、创新力乃至心灵史。然而,纸终究是纸,画终究是画,彼此关系处理不当,所谓"宣纸之美"就很可能形成"两张皮"的状态,虽"各美其美",却无从产生"美美与共"的合力。由此看来,要做好《宣纸之美》这篇命题作文,其核心、其要害就在于寻找宣纸、宣纸的制造工艺和它所承载的中国文人画之间的交汇点并打通彼此。

这个交汇点到底是什么?"面对苍茫的宣纸史",面对

《宣纸之美》这道命题,赵焰曾经也"有一种无助感","直到有一天",他才突然醒悟:"关于宣纸的写作,不应过分纠缠于技术和原料,而是应……将之跟中国历史、文化和哲学糅合在一起,也将之放在中国书画的历史长卷之中观察,如此方能找到一条深入的路径。""总而言之,宣纸不仅是自然的产物,也是文化的产物,是无数机缘的集中集合。宣纸不仅集中体现了地方的灵性,承载了中国人的审美情趣,也承载着中国文化的物质和精神。"

找到了这样的交汇点,也就有了《宣纸之美》现在呈现在读者面前的由纸、画、人,文、史、哲等多重视角而主导的篇章结构。开篇楔子《江南,江南》从祖国的江南落笔,进而切入江南深处即皖南一带,这里不仅是宣纸的主产区,也几乎集中了中国文化标志性工具"文房四宝"之所在。为此,赵焰感叹道:"这样的山水跟人类已经共情,彼此的精与神已水乳交融地凝为一体了。也难怪这个地方会产生与中国文化相匹配的艺术,以及相关的表现形式,还有渗透着理念的工具。"接下来《那个叫蔡伦的纸神》的篇章即着手钩沉宣纸生长的历程,探寻附着于古宣纸上的历史之谜。紧接着《书法绘画入纸来》和《从李白到李煜》两章则爬梳宣纸上的书法与绘画,以及古往今来大家名流寄情宣纸的因缘。再用《宣纸,宣纸》和《宣纸的哲学精神》进一步揭示宣纸的前世今生与营造技艺,由此透析宣纸中所蕴含着的哲学精神——"天人合一"。继而再由《宣纸上的文化气象》来呈现自元朝到晚清民国这段历史间透过宣纸所呈现出的不同的文化气象。最后用尾声《永远的宣纸》延伸至现当代,历数齐白石、张大千、黄宾虹、汪采白、潘天寿、李可染、傅抱石、刘海粟、吴作人、陆俨少、赖少其、吴冠中、韩美林等现当代美术大师与宣纸的情缘。如此环环相扣,落笔于"从文人画这一脉走来的画家,无不对宣纸钟情异常。从某种程度上说,以宣纸作画,可以认为是画家与自然的共同创造——宣纸的灵性和玄妙,早就渗透进纸的特性之中,笔墨落于其上,更有一种鬼斧神工的意味"。这样一来,在赵焰笔下,找到了交汇点的"宣纸之美"就被赋予了某种生命的灵性,而不再仅只是单一的物质之美,而宣纸的这种生命灵性又是与皖南地貌之美、中国文人画之妙、中国历史之厚与中国哲学之深紧紧地绑在了一起。

作为一个籍贯虽为皖南黟县但迄今还从未踏上那片土地一步的游子,只是不时从旁人的嘴中听到对家乡之美的赞美；也知道宣城这个对我家庭而言有着特别"记忆"的地方盛产宣纸，阅读《宣纸之美》更有一份特别的情感与收获。书中所传递出的宽阔的知识，无论是悠远的历史、多彩的画卷还是玄妙的哲思，都令我开眼界长知识；作品中那浓浓的对故乡的挚爱与情感又不时穿插其间，透出一股浓郁的乡愁，仿佛在向远离故乡的游子发出一声声"归去来兮"的呼唤。"轻似蝉翼白如雪，抖似细绸不闻声"，这既是古人对宣纸美妙的评价，又何尝不是对故乡千古情思的一种寄托呢？

辑五

向着理想，奔跑！

——电影《1921》观后

今天看来,这的确是一件开天辟地的大事!

1921 年 7 月,当 13 位平均年龄 28 岁的年轻人聚集在当时上海法租界望志路 106 号那幢石库门建筑一楼客厅中时,他们中的大多数一定还没有意识到自己正在开启一项彻底改变中国现代历史发展轨迹乃至重塑世界政治版图的惊天伟业。

今天看来,将这件开天辟地的大事搬上银幕又是一件难乎其难的事!

一百年前那桩开天辟地的大事浮现在面上的客观过程毕竟就只是 13 个年轻人聚在一起"吵"了几天,通过了几个决议。就这,要转换成能撑起 120 分钟左右的时长和无数个镜头的画面,还要可看耐看,还要面对前人就此题材已有过的多方尝试及成果……着实难乎其难！

　　面对这样的"开天辟地"和"难乎其难"，由黄建新和郑大圣联合执导的《1921》在中国共产党即将迎来百年华诞之际终于完成了自己的公开首映，赢得了一片喝彩。究其缘由，固然有电影作为一门综合艺术所需要的方方面面的协同发力，但我以为其中尤为突出的则在于紧紧扣住了一个核心、精心构建起"两翼"齐飞。

　　《1921》中有这样两个场景。毛泽东和何叔衡准备从长沙乘船去上海参加中共一大，前来送行的杨开慧依偎着毛泽东呢喃发问："人生好短，短到可能看不到胜利的曙光，今天的付出还有意义吗？"毛泽东坚定地回答："当然，我们无法选择自己的国家，无法选择自己的家庭，但我们可以选择自己的理想。为理想奋斗，为真理献身，即便是一无所获，也值得。"而在中共一大即将结束前一天的深夜，刘仁静不无担心地问毛泽东："分歧那么大，明天还能不能通过？"毛泽东的回答同样淡定而铿锵："能！因为我们的起点一样，誓死推翻旧世界。仅此吗？还因为我们的理想也一样，盼望着建立新中国，大家想要的人民做主的新中国！"

"理想"！在中共一大举行的首尾，从毛泽东嘴中两次坚定吐出的这两个字在我看来恰是《1921》的核心与魂灵之所在。影片之所以如此艺术地高度强化与凸显这一点，并非一种乌托邦式的浪漫主义，而是建立在历史真实的厚实基础之上。出席中共一大的大部分代表，他们当时的家境条件并不差，影片中已无声地显现出了这一点；而在中共一大上被公推为领导人的陈独秀更是有着高薪的工作与优越的生活。仅从物质层面，这批人并不存在"穷则思变"的理由与冲动，他们之所以自甘放弃安逸优越的生活，乃至在今后的过程中还有遭遇酷刑或杀戮的风险，如果没有一种坚定而强烈的理想与信念为支撑，这一切就完全无从解释。也正是因为有这样一群胸怀坚定理想信念的志同道合者走在了一起，这个在当时全国仅有50多名党员的新型政党，方能做到仅只用二十八年的时间就改变了中国。

当然，作为电影这一具体的艺术样式，如果仅仅紧扣理想这一核心而没有相应合情合理合史的艺术表现为支撑，则很可能导致空泛乃至虚浮。为了避免这种难堪，《1921》又为这一核心精心建构起了坚实的"两翼"，那就是紧紧围绕着"1921"这个时间轴，一是向前向后、向内向外的时空延伸,二是出席中共一大的代表们在与会前后那些丰富而生动的细节。

在《1921》的首尾,各有一段蒙太奇式的多时空混剪。大幕开启,观众便跟随陈独秀的视角,一段中国近现代史上积贫积弱的昏庸无能时光,一段民智若启未启的混沌日子,一场即将影响全球的风云变幻……都到了一个临界点;而到了霞光满天的嘉兴红船出现时,屏幕上又出现了一串快速的时空切换剪辑:杨开慧牺牲、邓恩铭牺牲、何叔衡牺牲……从1921到1949年,既有无数怀拥理想的生命消失在追逐理想的岁月中,亦有动摇者、变节者混迹裹挟其中……这样一种以1921年的上海为轴心,向前向后、向内向外的时空拓展,就是在充分运用调动简洁而讲究的镜头语言,扎实而形象地回答了中国共产党为什么能、为什么成这样两个最核心最关键的问题。

如果说《1921》的主情节是中共一大的召开和中国共产党的成立,那么围绕着会场内的主场景,更多的会议前与会场外与会代表的种种活动细节则更是栩栩如生、耐人寻味。比如刘仁静、邓恩铭和王尽美三个20岁出头的年轻党代表,到上海驻地刚安顿下来便急吼吼地跑去大世界看哈哈镜；比如毛泽东受李达、王会悟夫妇之邀共进晚餐结束返回途中，巧遇正在法租界内为法国国庆而狂欢的人群，而中国人却被生生地拦在外面，流露出憋屈、愤怒表情的毛泽东毅然挤出围观的人群奔跑起来，速度越来越快，步幅越来越大……诸如此类生动、鲜活且又充满寓意的生活细节与对话在整部影片中比比皆是。正是有了这些丰富饱满的细节支撑，影片中的那些人物才得以活起来立起来。人物活则满盘皆活。

作为重大主题类文艺作品，《1921》的成功我想最根本的就是两条：首先是对表现对象的本质有着深入而科学的认知与理解。具体到建党百年这件大事，浮现在面上的基本客观事实是：一个建党之初只有50余名党员的"在野党"何以仅仅用了二十八年的时间就"换了人间"？成为"执政党"后，这个政治组织又只是用了七十二年的时间就使一个长期积贫积弱且拥有14亿人口的大国不仅摆脱了全民贫困，而且还顽强而成功地抵达全球第二大经济体的位置，隐藏在这"天翻地覆慨而慷"背后的"秘诀"到底是什么？对上述这两个问号的回复，本质上就是如何科学认识与评价中国共产党这样一个根本问题，更是保证作品基调不走样的原则问题。其次则是对艺术规律充分而有个性的尊重。这一点对重大主题性文艺作品同样十分重要。在现实生活中,我们确有这样一些作品,题材虽重大,主题也不错,但就是不好看不耐看。有论者将这类现象归集为"叫好不叫座",说白了,这不过只是一种自欺欺人的借口与遁词,骨子里的问题不是功夫不到就是能力不足。相比之下,电影《1921》的出现无疑为重大主题文艺作品的创作提供了一个可资参考与借鉴的成功范例。

于人间烟火处透视时代风云

——从小说到电视剧的《人世间》

农历牛年腊月二十八日,央视一套黄金档:镜头中绿皮火车穿过皑皑白雪,旁白竟然是大名鼎鼎的演员陈道明那熟悉的声音,根据梁晓声同名长篇小说改编的58集年代大剧《人世间》帷幕缓缓拉开。除去除夕因春晚的播出而暂歇一天外,虎年首日竟也放弃了历年播出新春联欢晚会的传统而继续播放《人世间》,如此这般横跨农历新年的播出安排在央视"一黄"并不多见。

这种罕见的安排无非说明国家主流电视频道对这部大剧的重视,而重视的背后则意味着对其高度认可和嘉许的态度,亦即对作品主体价值的首肯以及对收视率的自信,说白了也就是对作品"双效"的高度认同。

评价一部长篇电视连续剧品质如何,当然得从它的剧本说起,尽管领衔《人世间》编剧的是大名鼎鼎的曾经主创过《牵手》《中国式离婚》和《新结婚时代》的王海鸰,但此次她的编剧又终究不是完全的原创,而是改编自著名作家梁晓声的同名长篇小说。理论上讲,从长篇小说到长篇电视连续剧,身为编剧自然是一次二度创作,但这种二度创作在某种意义上就是一次"戴着镣铐的跳舞"。两相比较下来,应该说作为《人世间》的剧本对原作的忠实度还是十分之高的,就连电视剧的主宣传语也与长篇小说封面及腰封上的主题词完全一致——"五十年中国百姓生活史""于人间烟火处彰显道义和担当,在悲欢离合中抒写情怀和热望"。因此,要评价这部电视剧还得从梁晓声的原作《人世间》说起。

梁晓声在夹于长篇小说《人世间》中的书签上留下了这样一段"夫子自道":"我从小生活在城市,更了解城市底层百姓生活。我有一个心愿:写一部反映城市平民子弟生活的有年代感的作品。我一直感到准备不足。到了六十七八岁,我觉得可以动笔,也必须动笔了。我想将从前的事讲给年轻人听,让他们知道从前的中国是什么样子,对他们将来的人生有所帮助。"卒读全书,完全可以理直气壮地说,这部洋洋115万字的三部曲妥妥地实现了作者的这种创作意图,诚如第十届茅盾文学奖在授予《人世间》的授奖词中所言:"梁晓声讲述了一代人在伟大历史进程中的奋斗、成长和相濡以沫的温情,塑造了有情有义、坚韧担当、善良正直的中国人形象群体,具有时代的、生活的和心灵的史诗品质。他坚持和光大现实主义传统,重申理想主义价值,气象正大而情感深沉,显示了审美与历史的统一、艺术性与人民性的统一。"

三卷本《人世间》固然为我们提供了从不同角度解读的丰富可能性,但概括起来,以下三个突出的特点无论如何都是挥之不去的。首先,这是一部有着鲜明年代感的长篇小说。作品以北方某省会城市一个名为共乐区的平民区为背景,从新时代开启的21世纪10年代一直上溯到20世纪70年代(其背景当然还可前推),将一个周姓平民人家三子弟的生活轨迹嵌入中国社会五十余年来相继发生的三线建设、上山下乡、推荐上大学、"四五"运动、恢复高考、知青返城、对外开放、出国潮、下海、走穴、国企改革、工人下岗、搞活经济、棚户区改造、反腐倡廉等社会发展变革的历史进程之中,由此构成了中国当代社会五十余年来"光荣与梦想"

的一幅历史长卷,其次,这也是一部有着强烈命运感的长篇小说。以周氏三子弟为轴心,十几位平民子弟潮起潮落的人生,既有他们生活的磨难与困苦,更有他们怀揣梦想艰苦奋斗的尊严与荣光,人生的悲欢离合、命运的跌宕起伏、人际的纠缠厮磨……在平民百姓的日常生活中透出命运的云谲波诡。最后,这又是一部有着浓郁冲突感的长篇小说。无论是周家父亲与自家孩子还是周家子女之间,无论是两代人还是同辈者之间,各种因素诱发的冲突都不少。而整部作品正是在这种年代感、命运感和冲突感三重要素的互为表里与叠加的推动下造就了《人世间》那史诗般的品格,也为电视剧的成功提供了一个不可多得的母本。

年代感、命运感和冲突感固然是长篇小说《人世间》的鲜明特色,又恰是构成与推动一部长篇电视连续剧的重要因素,说白了这些也都是"戏眼"之所在。因此,作为长篇电视连续剧的《人世间》在这三个点上对原作的忠实度与还原度十分之高。尽管电视剧对原著中的故事与人物增删有度,对某些时空的安排也不无调整,但对年代感、命运感和冲突感这三个要素则不仅没有丝毫削弱,相反还充分调动了电视剧自身的艺术特性而使之更为强化、更加鲜明。

在这一点上,我们似乎完全可以理直气壮地说:剧本剧本,实为一剧之本,这确是一部电视剧能否获得成功的极为重要的因素。在这一点上,制片方无论是对梁晓声《人世间》这部原作还是对编剧王海鸰的选择,都是十分有眼光的一种作为。小说由中国青年出版社2017年12月初版推出,电视剧项目的确立则是腾讯影业和导演李路在作品出版不久的2018年,而此时距离《人世间》斩获茅盾文学奖头筹并获得社会广泛关注的2020年尚有一年多时光,毫无疑问,这当然就是一种十分专业的有眼光有情怀的选择。

当然,电视剧作为一种独立的且具有某种综合性的艺术形式,它的成功,剧本的确立固然十分重要,但无疑还需要其他相关方面,诸如投资、制片、导演、表演、美术、音乐、置景等的共同发力。在这些既相对独立更需要共同协作的不同环节,电视剧《人世间》的不俗表现也是有目共睹。导演兼总制片人李路过往的成就无须赘言,对现实题材情有独钟的他直言不讳地说:"我们要共同通过影视化后的《人世间》,向现实主义致敬,向四十年来在中国改革开放中添砖加瓦的各类人物致敬,尤其要向底层的、坚韧的、普通的而又坚持做好人的人致敬。"比如置景,剧中主场景——那北方省会 A 城共乐区光字片小街的场景,就完全是用当地棚户区改造拆下来的那些原材料搭建而成的,且还征集了老海报、旧告示、破衣服等很多旧物件,作为 20 世纪 50 年代生人的笔者对这些的确毫不陌生。再比如表演,固然有雷佳音、辛柏青、宋佳和殷桃等四位"大牌"领衔,也有萨日娜、张凯丽、丁勇岱、宋春丽等实力派助阵,但他们在本剧中的表演又各有新表现。比如雷佳音过往给人印象较深者是多有"喜感",但在本剧中扮演老周家的"老儿子"周秉昆,作为家中唯一留城者又是文化程度最低者的这种身份设定,使得他的表演不得不呈现出多层次的风采:既有作为幺儿子陪伴母亲生活的撒娇,也有家中唯一男性应有的担当与刚硬;成家后在个人情感上则要表现出百般呵护与珍爱有着心灵创伤的妻子郑娟的温柔,又要有一家之主的担当与坚硬。而他哥哥周秉义的扮演者辛柏青、姐姐周蓉的扮演者宋佳和妻子郑娟的扮演者殷桃,也都是因其特定的角色设定而呈现出与他们过往在荧屏上形象的不同风采,其跨度之大、其个性之鲜明,莫不令观众为之叹服。

电视剧作为文化产业重要支柱之一,《人世间》的出品方由中央广播电视总台、腾讯影业、爱奇艺、新丽电视文化、弘道影业、上海阅文影视和北京一未文化传媒等七家构成，这种既有专业的影视投资与制作机构，也有强大的传播营销平台的组成结构也很有意思。这样一种结构，实际上聚合起投资、艺术、制作与传播等不同专业领域的力量，形成一支复合型的运作团队，而这种复合型专业运作团队的搭建或许恰是盘活与做优做强文化产业的一种基本运营模式。近年来，关于"IP"运营成为一个热门话题，但的确又是雷声大雨点小，神侃者多实操者少，忽悠者众识货者寡，如此这般，必然会有一些投资者折戟沉沙于一批所谓"IP"实则垃圾之中。其实，长篇小说《人世间》才是一个名副其实的大"IP"，它面世不久，便有将其改编成话剧者，现在长篇电视连续剧的成功又一次证明了这个"IP"的价值之所在。而且，当小说《人世间》的经典性逐渐为人们所认识和确定之后，它被阐释的空间必然随之不断放大，也意味着这个"IP"被开发的空间会更大。然而，对于具有如此潜力的大"IP"的确不是谁都有识珠的见识与开发好的能力，而本次长篇电视剧的成功不仅为观众带来了愉悦的审美享受，也为我国文化产业的建设与发展提供了一个成功的案例。这当然是本人在观剧之外的一点闲话了。

驿动的心,如何找到安放的港湾?

——电视连续剧《心居》观后

腾讯影业与阅文影视将自己出品的电影《1921》和长篇电视连续剧《人世间》与《心居》捆绑起来,统称为"时代旋律三部曲",虽略有宽泛之嫌,但也的确自有其道理,尽管有一个从线与面到点的差距,但"时代"这个要素则是挥之不去的。电影《1921》立足于世纪之交的宏阔视角与时代风云,揭示出中国共产党应运而生的历史必然;电视剧《人世间》则以长达近半个世纪的年代更迭折射出那段沧桑岁月和社会变革;相比之下,电视剧《心居》就只是聚焦于当下这个时点,以上海这个国际大都市为背景,记录芸芸众生为日子过得适宜一点的种种劳作,摩天大厦、花园洋房、弄堂烟火、一地鸡毛……

在《心居》几乎紧随着《人世间》的脚步开始在东方卫

视与浙江卫视这两大卫视平台播出之初,我曾暗自以为这未必就是一个合适的档期。相比之下,《人世间》的格局与视野无论如何总是要比《心居》大许多,播出后的影响力与口碑明摆在那里,且央视电视剧频道与江苏卫视紧接着又开始了第二轮播出,此时的《心居》登堂打擂,其收视结果会不会"凶多吉少"?

本人就是揣着这样的疑虑进入了对《心居》的观赏。这部剧以2018年的上海为大时空,以在浦东新区的顾家四代人日常生活为主场景,讲述他们在置换住房过程中所引发的种种生活波澜。该剧导演还是那个滕华涛,主演之一也是海清,于是心中又犯嘀咕:总不至于再拍一部《蜗居》的"新时代"版吧?那是2007年播出的一部反映在房价飙升背景下,普通人在都市生活中所经历的种种波折的剧,也是在上海卫视首播,且仅用四天时间便创下了当时收视历史新高的佳绩。

倘真如此,倒也还是可以看看,毕竟房价还在上飙,来个姊妹篇也未尝不可。果不其然,《心居》开场不久,主人公之一——从外地嫁入上海的冯晓琴便再三严厉地督促自己的老公顾磊向另一主角——他的双胞胎姐姐顾清俞借钱买房,结果顾清俞却以自己也要买一处豪宅的理由予以婉拒。大戏由此拉开帷幕。而再往后看,买房卖房租房的场面虽时有出现,但这些似乎都不构成《心居》的主体。相反出现更多的则是顾家四代人中的一部分与其相关密接者,诸如夫妻、恋人、姑嫂、父子、姐妹、朋友、邻里、同事之间的"作"来"作"去,一群盘根错节的"作男""作女""作"得风生水起、浪花四溅,煞是热闹。原来,这部剧的中心已由过往的"蜗"居之难演变成了现在的"心"居之烦,虽既有"人之所居",但更是"心之所处"。一场场"作"戏的轮番上演,虽也偶有琐碎之嫌,但抓眼球的总体能力还是不差。"作"即冲突,有冲突即有"戏",而"有戏"又是一切戏剧存在的必需要素之一。于是自己开始观剧时的那种担忧开始渐渐淡去,总体上这还是一部切口虽不大但吸睛力还不错的日常生活剧。

对此,鲁迅文学奖获得者、小说《心居》作者滕肖澜早就坦言:"当时写《心居》的时候,其实我就是想写一部比较能够反映上海当下各个阶层老百姓生活的作品,我希望能够尽可能真实地反映这几年城市百姓生活的生存状态。我们都知道在上海,房子是绕不过去的一个话题,以房子作为切入点会比较贴切,也更容易介入。"但"房子只是切入点,我更多的是想写人跟人之间的关系,想写以顾家这么一个大家庭衍生出来形形色色的人,他们对未来的希望,以及他们为了心中所想,心中所愿,怎么样去奋斗,怎么样去努力地生活。"

为了实现"心中所想,心中所愿",就要"去奋斗""去努力",在这个过程中,"作"也就总是难以避免地不时出现,而且这个"作"不仅是上海人之间的"作",也包括原住民与上海新移民之间的"作"。于是,这"作"就"作"得细腻,"作"得严谨,"作"得风生水起,"作"得不同凡响。"作"得愈厉害,戏码便愈足,电视剧《心居》在场面上的看点与卖点也恰在于此。

剧中两位女主角——由海清扮演的外来媳妇冯晓琴与由童瑶扮演的大姑姐顾清俞的"作"是《心居》的故事主线,既有彼此间的"作"来"作"去,也有各自独立的"作"三"作"四。自打外来妹冯晓琴嫁入顾家开始,大姑姐就一直含笑礼貌地提防着这个把"改变命运"写在脸上的弟媳,既要护着自己的腿有小恙、木讷而不求上进的胞弟顾磊不受欺负不遭算计,又要维护顾家面子上的和睦,毕竟这个家庭的日常家务大多时候还得靠这个外来弟媳承担,此时俩人间的"作"使的都是仿若武林高人间的暗功,一招一式你来我往于客客气气的和风细雨之间,其中笑眯眯地婉拒借钱给弟弟家买房那场戏当是这种暗"作"的代表。到了弟弟顾磊由于追赶因斗气而欲回娘家的媳妇遭意外身亡后,姑嫂间的"作"趋于白热化自是一种必然,只是这种必然的"作"依旧是无声的"冷战",此时只要镜头转向顾家,感受到的立即是一种透骨的严寒,寒意依旧来自姑嫂间的暗"作"。而顾清俞这个高端白领在自己婚姻上的明"作"则是够顶格的了,明知那个展翔暗恋自己多年,也深知这绝非自己心仪之人,却又始终保持着多少有点暧昧的异性闺密关系;痴痴地终于等来了与自己二十年前同窗施源的重逢,也不是感受不到今日之施源已非昨日之施源,只是为了自己年少时的幻想,就"作"出了一出"闪婚闪离"的"大戏"。至于《心居》中其他各种形色的"作",诸如苏望娣与顾士莲姑嫂间的"作"、苏望娣与自己亲家母之间的"作"、施源母亲华永瑜的自"作"……虽都是些无伤大雅一地鸡毛的鸡零琐碎之事,又恰是形象地透出了老上海市井文化的点点滴滴——或曰小精明,或曰拎不清,或曰瞎三话四。

如果《心居》只是一味地陷于这各种花式的"作"戏之中,败掉观众的胃口自不必言,更重要的是整部电视剧的格局也必然随之而小,立意也会为之塌陷。于是,在《心居》中,"作"戏虽接踵而至地上演,但最终大都是以理解、和解的结局收场。顾磊意外身亡后,冯晓琴与顾清俞姑嫂间的"作"一度不断升级,冯晓琴虽几近绝望,但也由此开始了自强自立的奋斗,凭借自己的韧性和智慧,在辛劳的送外卖讨生活过程中看到了养老这个产业的前景,巧妙地牢牢抓住展翔这个"金主",共同筹建敬老院"不晚"而初战告捷。而顾清俞则从自己由闪婚到闪离的过程中重构了自己对生活的认知,弟媳身上那种善良与勤劳的一面也开始进入她的眼帘。两个女人开始从互"作"到互解,两颗驿动的心各自找到了适宜的安居之地。与此同时,《心居》中其他诸位"作"男"作"女也都是在各自的自省或他省中找到了心灵的归宿。即使是那个"作"得有些"渣"的顾昕,最终也是以自己的入狱而和妻子葛玥达成了和解,彼此找到了自己心灵的居所。

行文至此,似乎可以给电视剧《心居》做点小结了:《心居》表面上虽是在寻找"人之所居",骨子里则更是在追求"心之所处"的一种人生境界。灶台上的徐徐蒸气、餐桌边的叮当盘碗、弄堂中交错的电线、楼宇间悬挂的衣衫、车水马龙的街道与鳞次栉比的大厦……这些只是我们目前心之所在而不得不面对的客观现实,虽未必尽如人意,但终究还在持续改变,且变得越来越好;而善良、理解、平和、宽厚与换位思考……这些才是那一颗颗驿动的心最终得到妥帖安放的秘钥。

外行看"热闹"

——我看邵璞的焦墨画

邵璞善吟诗作画,而且这画还是那个比较小众的焦墨画。我于这两个"营生"当是彻头彻尾的外行,因此,关于邵璞诗与画的门道我是一点点所以然都看不出来更说不出来的;更何况我俩既是大学同窗,又有过近十年的共事经历,硬要说上几句好话也还有个"避亲"的问题。也正因为此,在邵璞过往几十年的诗画生涯中,本人从来都只是一个默默的欣赏者与旁观者。现在邵璞又有新的画作展出与新的画册面世,作为昔日的同窗与同事,况且我们都已年过花甲,也没什么"嫌"可"避"的了,看个"热闹"道声祝福亦是人之常情。

在我的印象中,邵璞不是一个善于言谈与交际的人,在那常见的憨笑背后暗藏着的是一种顽强的执着。大学同窗时期,虽知道他的字写得不错,也能画上几笔,但更多时候见到的则是他伏案在一个又一个的笔记本上划拉着什么的模样,结果某一天,就有了"周末,我们去了女同学宿舍/我们没有理所当然的借口/就是想去坐坐"这样脍炙人口的诗句在大学校园中传了开来,就有了《周末,我们去了女同学宿舍》这样的校园诗篇流传至今四十余年而不衰的盛况。如此这般,称其为经典当不为过矣。在接下来的许许多多个周末,邵璞除了"还要去"女同学宿舍外,先后又有了"滚动已如火焰/熄灭的是时间"般的哲思,"雪突然从眼睛夺眶而出/必须让心脏停止跳动,期待救护车的笛声/等待,等待脉搏的不停"般的呼号,"远远而来的那么匆匆的脚步/发自肺腑的那么热烈的倾诉/那么深那么深的痛苦/那么真那么真的祝福"般的炽热……而且,伴随着岁月的流逝,邵璞的诗作也开始由单纯变得多样,纯粹虽依旧在,但多了些沧桑,多了些深邃,多了些味道,多了些意境。这,大约也就是通常所言的岁月吧。

　　大学毕业了,女同学宿舍邵璞是没的去了,但他却赶上了在文艺的黄金年代浸泡于中国作家协会机关报《文艺报》十年的好时光;再往后,他又去了日本金泽大学研究生院深造;归国后,他就开始出手一幅又一幅的焦墨画。

邵璞能画我不奇怪,学生时代他就有过作画的经历,画种虽不同,但类似透视、布局一类的美术通识我想应该还是相近的;除此之外,邵璞还有一般画家所没有的得天独厚之优势,那就是爱作诗,而且作得还很不错。在文学艺术领域,"通感"一说已成古今中外美学之共识,钱钟书先生所言"在日常经验里,视觉、听觉、触觉、嗅觉、味觉往往可以彼此打通或交流,眼、耳、舌、鼻、身各个官能的领域,可以不分界线",说的就是这个道理。而清代文论家刘熙载在他《艺概》中的《书概》和《经义概》里都谈到了诗与画的关系,即"举此以概乎彼,举少以概乎多",说的也都是文学与艺术间举一反三、触类旁通的道理。

能画不等于画得好。至于邵璞画的成色如何我就是彻底的外行了,但我知道他选择的竟是那种历史虽古老但难度却更大的焦墨画。至于焦墨画的难度何以为大,本人先是顾名思义地瞎想:焦墨画者,大约即为采用比较纯粹的干笔浓墨而非借助于水的渗化作用的一种画法,将焦墨和水墨两相比较,前者对笔法的掌控和运用似乎要更难一点;后来,我又看到郎绍君先生在描述张仃先生的焦墨画时说过

"焦墨就等于一个人把自己逼到绝路上再找一条活路"这样的话,这简直就是"置之死地而后生"了。于是,自己原本那无知的妄测竟有了几分底气。

身为外行的我对邵璞的焦墨画固然还可以从概念上勉强地蒙上一通,称其为技艺之"难",但从专业角度详说邵璞对其"难"运用得到底如何则是彻底地无从蒙起了。所幸此时又有"外行看热闹"这句俗语在一旁为本人壮胆,说对了依然是"蒙",说得不对无非就是外行,不知者不为过也。

我也注意到,凡焦墨画者多以作山水为重,笔力遒劲,构图豪放,邵璞亦不例外。但我却从他的画面中感受到了另一种十分强烈的韵味与意境:时而在空灵中见出纯净、时而在拙朴中透出浑重……而且这一切又不是纯粹的技法与手艺所能表现出来的,更是邵璞心灵感受与内在冲动的一种艺术外化,这需要一种厚实的文化底蕴做支撑。我这个艺术的外行当然无从判断他的艺术表现力达到了一种什么样的程度,但同为在文学海洋中浸润多年之辈,邵璞在从事艺术创作时的那种内在冲动与激荡,我以为还是能够感受与捕捉得到的,或许这就是所谓优秀艺术创作的根脉与魂魄之所在、力量与恒久之所撑。我这样说丝毫不涉及也绝没有贬低其他艺术家创作的意思,而只是想表达自己在观赏邵璞焦墨画时的一种内在冲动与感受,而且我也固执地认为这恰是艺术创作的魂脉之所在。如果说邵璞在焦墨画的技法上还有什么不足是我这个外行所无力识破的话,那也借此机会一并祝福他继续努力,在艺术创造形与魂的合体上做得更加出彩!

后　记

编选这本《不辍集》的过程中,脑子中间或闪出纠结:此时应安徽文艺出版社之邀编选这本自选集,时间上究竟是某种巧合还是冥冥中命运的某种安排?

平日里每当有人问我是哪里人时,我总是不得不啰唆地回复:出生在武汉,但籍贯则是安徽黟县。随着改革开放和旅游业的发展,现在的黟县因地处黄山脚下且拥有西递、宏村等古村落而声名大振,但在那个相对封闭的年代,知之者并不多,因此在说到黟县时,看着对方面带不解时则不得不再绕上一句:黟县的"黟"即"黑""多"二字。且不说他人不知,即便我自己这个所谓黟县人,在今年 4 月中旬之前也从未踏上过它土地的半步,以至于我对自己这个黟县人的身份也时有恍惚。导致这样的尴尬固然有历史和现实的各种缘由,但花甲之年后依然是这种状态无论如何都是自己的原因,直至今年 4 月的一次因缘巧合,我终于实现了自己的"寻根"之旅。那是一个下着小雨的下午,凭借着十分稀薄的一点信息线索,在当地友人的热心帮助下,我终于站在了自己的祖宅前。说不清这座祖宅的历史究竟有多长,但至少已逾百年则是肯定的,它依然活脱脱地安静地顽强地存活在那里。

也就是差不多在此十余天后,我接到故乡安徽文艺出版社的邀约——询问能否加盟他们正在组织的一套名为"学而书系·皖籍评论家辑"丛书。于是这就有了本《后记》开篇写下的那句:"时间上究竟是某种巧合还是冥冥中命运的某种安排?"

或许两种因素皆有。既然如此,且刚刚坐实了自己的皖籍身份,那就从命从令吧,也就有了这本名为《不辍集》的"自选集"。

收入这本集子中的 34 则拙文的绝大部分写于最近十年,也是首次被纳入结集。何以命名为"不辍"?不过只是陆续写下这些文字时的一种心境写照而已。

本人自 1983 年走出大学校门,虽也调换过几次工作单位,所从事的职业却只有一个——文学编辑。所谓编辑,无论编刊编报还是编书,不外乎读、谈、编、写几招,于是读稿、谈稿、编稿和写稿不仅是自己前三十年职场生涯的绝对"主旋律",而且自然而然地成了一种生活习惯。不曾料到的是,自己职场生涯的最后八年,这样的习惯因为组织的安排而被打破,编辑生涯为所谓"管理"所取代,每日接触的多是财务、数字化、上市、审计之类的事务,虽也在读,但读的多是报告报表一类的文字;虽也在谈,但谈的也多是那些与报告报表相关的内容。至于有关文学的编和写则几近绝缘,至于读不读则完全看自己的了。

这种变化本来也很平常,不足为计,况且我们这代人还是在服从的大环境中成长而来。但就个人内心而言,尤其是对我这个单调木讷者而言确是件很难受之事。而且就文学的阅读与写作而言,一旦停滞下来,那种对文学的感觉以及写作的语言都会滞阻乃至完全无感。怎么办?解决之道,唯有自己利用业余时间甚至采用开专栏的手段逼迫自己坚持读一点写一点,以维持一点点最基本的状态。于是就有了收入集子中的这些个拙文,以及另外在《文汇报》上所开设的个人专栏。

收入本集的这些拙文大致可分为五个板块。其中既有部分相对宏观点的观察与评析,也有对某些理论热点问题的探究;既有对某位作家相对综合的评说,也有对一些具体作品的微观赏析,以及少量对其他艺术门类作品的观感。涉足面虽不算太窄,但总体则失之于浅。如果硬要讲有什么价值,我想无非一是对某种事实或现象的一种记录,二也是对自己这些年业余坚持的一点安慰,所谓"不辍"亦因此而来。

诚挚地感谢安徽文艺出版社及刘琼女士的盛情相邀,没有他们的盛情与鼓励,便不会有这本小书的存在。不当之处,诚请广大读者不吝赐教。

是为后记。

2023 年 5 月